不死神鳥

불사신조

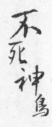

1판 1쇄 찍음 2014년 3월 4일
1판 1쇄 펴냄 2014년 3월 7일

지은이 | 이주용
펴낸이 | 정 필
펴낸곳 | 도서출판 **뿔미디어**

편집장 | 이재권
기획 · 편집 | 윤영상
편집디자인 | 이진선

출판등록 | 2002년 9월 11일 (제081-1-132호)
주소 | 경기도 부천시 원미구 상동로 117번길 49(상동) 503호 (우)420-861
전화 | 032)651-6513 / 팩스 032)651-6094
E-mail | bbulmedia@hanmail.net
홈페이지 | http://bbulmedia.com

값 8,000원

ISBN 979-11-7003-280-9 04810
ISBN 979-11-7003-007-2 04810 (세트)

不死神鳥

불사신조

3

BBULMEDIA FANTASY STORY

이주용 신무협 장편 소설

차례

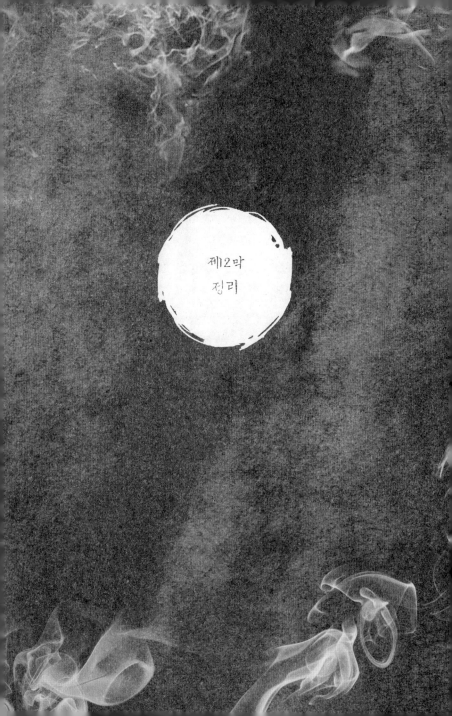

제12막
정리

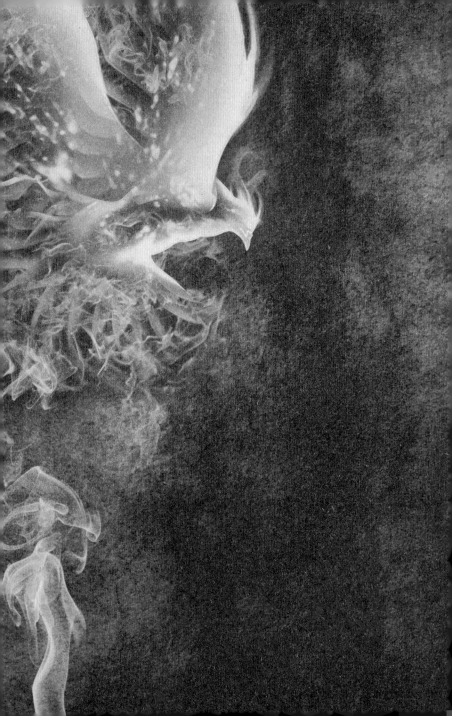

같은 스승님 밑에서 자랐는데 성격이고 생각이고 모두 다르지. 재미있지 않아?

— 아랑

황실의 무력을 상징하는 광룡 여섯 대주 가운데 하나의 죽음치고는 지나치리만치 허망했지만 죽음이란 본래 그런 것이었다. 화려한 죽음과 초라한 죽음 사이에 차이는 무엇일까, 어차피 죽는다는 사실 그 자체는 매한

가지인 것을.

합격을 펼치고, 등 뒤를 찌르고.

신조는 무엇 하나 가리지 않았다. 적을 죽일 수만 있다면 그 어떤 비겁한 수도 아끼지 않았다.

신조의 전신에서 넘실거리던 붉은 기운이 일시에 사라졌다. 신조는 허탈한 얼굴로 숨을 길게 토했다.

애묘가 그런 신조에게 다가섰다. 신조의 어깨를 한 번 두드려 준 뒤 해야 할 일을 했다. 시간이 많지 않았다.

애묘는 비수를 꺼내 황룡의 목을 잘랐다. 서걱서걱 소름 돋는 소리가 났지만 눈 하나 깜박하지 않고 잘라낸 뒤 피를 뽑아냈다. 황룡의 상의를 벗겨 머리를 감싸는 것을 끝으로 작업을 마친 애묘가 신조에게 말했다.

"그게 네 '절기' 니?"

신조는 고개를 끄덕이는 것으로 답했다.

애묘가 눈살을 찌푸렸다.

"이만 돌아가자. 긴 사냥이 될 터인데…… 아직 불안정한 힘 같아. 조금 더 무리를 했다가는 의식을 유지하기 힘들 거야."

신조는 부정하지 않았다. 숨을 깊이 삼키며 애묘가

한 말들 가운데 하나를 속으로 되풀이했다.

'긴 사냥.'

황룡 하나를 죽여서 끝날 일이 아니었다.

맹저를 비롯한 십삼조를 공격하라 명한 것은 누구일 것인가.

광룡의 여섯 대주를 총괄하는 용왕대주일 것인가, 아니면 그보다 조금 더 윗선일 것인가.

대승상이라면 대승상을 죽인다.

황제의 명이었다면 황제를 죽인다.

정말로 긴 사냥이 될 터였다.

신조는 황룡의 심장을 후벼 팠던 오른팔에 삼매진화를 일으켰다. 황룡의 피를 깨끗이 태워 버린 뒤 앞장서서 걸었다.

신조와 애묘가 숲을 떠났다.

◑

동굴에 돌아왔을 때 신조가 가장 먼저 본 것은 뻣뻣한 나무조각마냥 부자연스런 자세로 바닥에 누워 있는 도철이었다. 온몸에 혈을 몇 개나 찔렸는지 숨도 제대로 못 쉬는 것 같았다.

신조가 애묘를 돌아보았다.

"누나가 한 거야?"

"그래. 우릴 속이고 있는 걸지도 모르니까."

도철의 존재 자체가 궁기가 실패했을 때를 대비한 이중의 덫일 수 있었다.

신조는 도철에게 다가가는 대신 애묘가 흰 천에 감싸 둔 맹저의 머리를 조심스럽게 품에 안았다. 뒤를 돌아보지 않고 말했다.

"풀어줘."

뜻은 명확했다.

애묘가 눈살을 살짝 찌푸리며 되물었다.

"믿어?"

"믿어."

명령이 떨어지면 방금까지 같이 웃고 떠들던 동료의 등도 서슴없이 찌르는 것이 암룡 암부였다. 하지만 신조는 도철을 믿었다. 애당초 감리산까지 쫓아와 자신과 대화를 시도할 정도로 무른 놈이 아니었던가.

애묘는 더 이상 토를 달지 않았다. 그저 입술만 몇 번 달싹이며 도철을 노려보더니 이내 손을 놀려 제압했던 혈을 풀어주었다.

"헉!"

도철이 순간 숨을 크게 내쉬면서 몸을 부들부들 떨었다. 비틀비틀 일어서며 신조와 애묘를 번갈아 보았다. 애묘의 손에 들린 '물건'에 경악했다.

"서, 설마……?"

애묘가 입술을 비틀어 웃었다.

"그래, 황룡의 머리다."

광룡의 여섯 대주 가운데 하나인 황룡.

사황오제삼신과도 무리(武理)를 다툴 수 있는 황실의 초절정고수!

그런 황룡이 죽었다. 신조와 애묘가 뛰쳐나간 시간을 생각한다면 싸움 자체도 그리 길지 않았을 터다.

도철은 마른침을 꿀꺽 삼켰다. 저도 모르게 신조를 돌아보았다.

대체 어떻게 된 것일까?

신조 선배에게 무슨 일이 일어난 것일까?

십삼조는 분명 암룡의 전설이었다. 하지만 신조를 비롯한 십삼조는 맏이인 창룡을 제외하고는 정파구주의 장로 급 실력을 가졌을 뿐이다.

물론 그것만으로도 대단한 일이었다. 암부들 가운데서는 최고라 해도 과언이 아닐 무위였다. 하지만 결코 광룡 대주에 비할 정도는 아니었다.

도철은 모든 것이 혼란스러웠다.

암룡은 어째서 십삼조를 멸하려 하는가. 광룡은 이 일에 어떻게 개입되어 있는가.

'십삼조의 스승……'

불현듯 떠오른 것이었다.

십삼조의 스승. 암룡의 전설인 십삼조를 키워 낸 자.

소문은 많았지만 무엇 하나 확실한 것이 없었다. 그나마 전해지는 이야기도 허무맹랑한 것들뿐이었다.

'무엇보다 정황상 말이 안 돼.'

이제 와서 십삼조의 스승이 문제가 될 이유가 없었다. 십삼조의 스승이 사라진 지 벌써 사십 년 가까운 세월이 흐르지 않았던가.

"머리 돌아가는 소리가 여기까지 들리네. 그냥 죽여 버리는 게 낫지 않아?"

차갑기 이를 데 없는 애묘의 목소리에 흠칫 놀란 도철이 눈동자를 굴렸다.

신조는 도철이 아닌 애묘를 보며 말했다.

"누나 말대로 긴 사냥이 될 거야. 이제 그만 이동하
자."

애묘는 가면을 쓰고 있기에 표정이 드러나지 않았다.
하지만 도철은 애묘가 어떤 표정을 짓고 있을지 알 것
같은 기분이 들었다.

애묘가 도철과 신조를 지나쳐 걸었다. 신조는 말없이
따랐고, 도철 역시 서둘러 발걸음을 옮겼다.

동굴 안에는 다섯 갈림길이 있었다. 다섯 모두 발목
까지 오는 얇은 물길이 흐르고 있었기에 어느 길을 택
하든 추적이 어려워 보였다.

애묘가 길을 택했다. 동굴 안이 무척 어두웠지만 애
묘는 불을 피우는 대신 불어오는 바람을 따라 발걸음을
떼었다.

도철은 신조와 애묘로부터 뒤떨어지지 않기 위해 애
를 썼다.

그렇게 거의 한 시진 가까이를 걷고 나서야 일행은
동굴 밖으로 나설 수 있었다.

아직 밤이 깊었다. 새벽이 밝기에는 이른 시간이었
다.

신조와 애묘를 반겨 준 것은 달과 별이 아닌 아랑과 청조였다.

"왜 이렇게 늦었어? 뒤에 도철 놈은 왜 데려온 거고?"

아랑이 대뜸 그리 물었다.

청조는 아랑의 곁에서 안도의 숨을 크게 토했다.

신조는 웃음기 없는 얼굴로 아랑을 마주했다. 청조에게는 시선을 주지 않았다. 그저 아랑의 눈동자만 응시하며 말했다.

"맹저가 죽었어."

아랑의 얼굴에서 표정이 사라졌다. 아랑은 시선을 아래로 했다. 신조가 품에 소중히 안고 있는 물건을 응시했다.

"그럼……."

아랑의 숨결이 거칠어졌다. 신조는 변함없이 아랑의 두 눈만 보았다. 애묘가 참지 못하고 목소리를 토했다.

"허튼짓 그만해."

아랑에게 하는 말이었다. 아랑이 고개를 들었고, 신조가 눈을 감았다.

"알고 있었구나."

맹저의 죽음을, 맹저가 이미 죽었다는 사실을.

"그래."

아랑은 어깨를 늘어트렸다.

신조는 이를 악물었다. 맹저의 머리를 끌어안은 두 손이 약간이지만 떨렸다.

"언제부터."

"널 찾아가기 전부터."

맹저의 죽음을 알았다. 그랬기에 더욱 서둘렀다. 신조는 살려야 했으니까. 신조만은 살려야 했으니까.

어쩌면 당연한 것이었다. 은퇴한 이후 십삼조의 형들과 누나들이 서로 모른 척 멀리 떨어져서 산다는 것부터가 이상한 일이었다.

왕래가 있었겠지. 소식을 주고받았겠지. 적어도 정보를 다루는 아랑만은 십삼조 모두의 생사를 알고 있었겠지.

"이번에는, 이번에는 솔직하게 말해 줘."

신조가 눈을 떴다. 눈시울이 붉었다. 눈물은 나오지 않았지만 그 목소리가 갈라져 있었다.

"나머지는…… 무사해?"

이 자리에 있는 셋과 맹저를 제외한 세 사람.

아랑이 허탈한 웃음을 흘렸다. 새카만 밤하늘을 우러
렀다.

"뇌호 형 역시 당했어."

"뇌호가?!"

벼락같이 외친 것은 애묘였다. 어찌나 놀랐는지 손에
들고 있던 황룡의 머리를 바닥에 떨어트릴 정도였다.
신조 역시 마음이 급해졌다. 아랑에게 바짝 다가서며
물었다.

"요호 누나는?"

"몰라."

아랑이 고개를 가로저었다. 한 발 뒤로 물러서며 설
명했다.

"소식을 알 수 없어. 죽은 건지, 아니면 살아 있는
건지 나도 몰라."

뇌호가 죽었다. 요호는 행방불명이었다.

십삼조 가운데 절반 가까운 숫자가 죽거나 사라졌다.

"왜…… 대체 왜……."

신조가 비틀거렸다. 청조가 얼른 그런 신조를 부축했
지만, 신조는 청조를 돌아보지 않았다. 그저 망연자실
한 얼굴로 맹저의 머리를 감싼 천을 보았다.

"창룡 오라버니는?"

애묘는 감정을 억눌렀다. 하지만 살기가 새어 나왔다. 깊은 슬픔을 모두 감추지 못했다.

"장형도 마찬가지야. 알 수가 없어."

십삼조의 맏이. 십삼조 가운데 가장 강한 창룡.

애묘는 숨을 골랐다. 스스로를 타일렀다. 창룡이 죽었을 리가 없었다. 무공만 따진다면 창룡은 최강이었다. 설사 사황오제삼신이라 할지라도 정면 대결이라면 창룡을 당해 내지 못할 터였다.

그러니 괜찮다. 그러니 괜찮을 거다.

"일단, 일단 요호 언니를 찾자."

그게 사리에 맞았다. 뇌호와 맹저는 죽었고, 창룡과 요호가 행방불명이라면 우선 요호를 찾아야 했다.

"가자."

요호와 아랑, 신조, 세 사람 가운데 누가 말을 했는지도 알 수 없었다. 일행은 걸었다.

청조는 자연스럽게 자신에게서 벗어나 홀로 걷는 신조의 뒷모습을 보았다.

애묘는 그런 청조를 잠시 쳐다보았지만 이내 시선을 돌렸다. 걷는 내내 그 어떤 대화도 없었다.

녹룡은 고통에 찬 신음을 토했다. 식은땀이 멈추지 않았다. 열이 끓어올라 전신이 불덩이 같았다.

지쳤다. 힘들었다. 모두 다 놓아 버린 후 잠들고 싶었다. 하지만 녹룡은 의식을 붙들었다. 고통을 씹어 삼키며 소식이 오기를 기다렸다.

급하게 마련한 거처였다. 찾는 이가 없어진 지 몇 해는 지났을 낡은 오두막 문이 삐거덕 소리를 내며 열렸다.

녹룡은 숨을 가쁘게 쉬었다. 기다리던 이의 방문에 눈동자를 굴렸다.

"황룡 대주의…… 시신을 발견했습니다."

황룡 휘하의 용권이었다. 녹룡은 탄식과 고통이 뒤섞인 신음을 흘렸다. 적룡에 이어 황룡이 죽었다. 신조의 강함은 광룡 여섯 대주의 예상을 웃돌았다.

'아니…… 독 때문이다.'

신조는 분명 예상보다 더 강했다. 하지만 이리도 허망하게 황룡이 목숨을 잃은 이유는 애묘의 독 때문이었다.

너무 성급했다. 신조가 아랑과의 협공이었다 하나 적룡을 죽였다는 사실을 알면서도 싸움을 서두른 것이 실책이었다. 광룡 대주가 둘이나 있다는 사실에 취해 인원을 서른 명밖에 동원하지 않은 것도 문제였다.

애묘의 '무대'가 아니라고 생각했던 숲조차 애묘의 손안에 있었다는 사실 하나가 명암을 갈랐다. 광룡은 수적 우위를 잃어야 했고, 대주 하나가 신조와 애묘에게 협공을 당하는 처지에 빠져야 했다.

'모두 변명이다.'

녹룡은 스스로를 책망했다. 어찌 되었든 신조의 습격을 막지 못한 것이 문제였다.

"사…… 인은?"

어렵사리 말을 만들어 묻자 용권 역시 쥐어짜 낸 목소리로 답했다.

"심장이 파열되었습니다. 가슴을 직접 헤집은 것 같습니다. 그리고……."

그것만이 아니었다. 황룡의 시체는 더욱더 참혹했다.

"머리가…… 잘려 있었습니다. 놈들이 가져간 것 같습니다."

황룡의 머리가 잘렸다. 그 머리를 놈들이 챙겨 갔다.

녹룡은 눈을 감았다. 십삼조가 황룡의 머리를 잘라
간 이유는 생각할 필요조차 없었다.

"나는…… 귀환한다. 뒷일을 맡기…… 마. 용권……."

녹룡은 더는 버티지 못했다. 의식을 잃었다.

☯

불씨 하나 피우지 않은 노숙이었다. 애묘와 아랑은
잠들지 않았다. 새벽까지 시간이 멀지 않았기에 둘 모
두 눈을 붙일 생각이 없었다.

하지만 나머지 셋은 아니었다. 신조는 지쳤고, 청조
는 아직 애묘나 아랑 같은 체력이 없었다. 도철이 잠든
것은 자의가 아닌 타의였다.

애묘와 아랑은 가까운 곳에 나란히 앉았다. 아랑이
먼저 턱짓으로 신조를 가리켰다.

"저거, 안전한 무공이긴 한 거야?"

신조가 물려받은 절기.

이미 적룡과의 싸움에서 그 위력을 본 아랑이었다.
그래서 더욱 물을 수밖에 없었다. 일시적으로 전투력을
상승시키는 무공이라면 이미 무림에도 몇 가지가 있었

다. 하지만 그러한 무공을 사용하는 이들은 드물었다. 위험성이 컸기 때문이었다.

평소에 발휘하지 못하던 힘을 발휘하게 만든다.

정상적인 방법일 리가 없었다. 강제로 힘을 끌어내는 대가가 존재할 것이 분명했다.

선천진기를 훼손하는 것일지도 몰랐다. 육체에 손상이 누적될 가능성도 있었다.

애묘는 신조 쪽을 보았다. 여전히 고양이 가면을 쓰고 있기에 얼굴 표정을 읽을 수 없었다.

"일단은."

"일단⋯⋯?"

"스승님이 우리 생명을 좀먹을 기술을 전수하셨을 리 없어."

강한 확신이었다. 애묘에게는 신념과도 같은 믿음이었다.

아랑은 순간 눈살을 찌푸렸지만 부정하지 않았다. 고개를 끄덕였다.

"그래, 네 말이 맞다."

'가족'이라는 사실을 강조하던 스승님이셨다. 그런 스승님이 스스로를 좀먹는 기술 같은 것을 전수하셨을 리가 없었다.

아랑은 다른 것을 물었다.

"황룡의 머리는 어떻게 할 거지?"

"잘 써야지. 내게 맡겨 둬."

굳이 챙겨 온 이유라면 밝히지 않아도 알 수 있었다. 아랑은 눈동자만 굴려 황룡의 머리를 감싼 천을 보았다. 용왕대주를 포함해 이제 다섯. 신조의 말마따나 긴 사냥이 될 터였다.

애묘는 고양이 가면을 벗었다. 이십대 후반에서 서른 초반쯤으로 보이는 여인의 얼굴이 드러났다. 주안술이 아닌, 스승님에게 물려받은 '절기'를 응용한 결과였다.

"신조가 깨어나면 제사를 지내자. 벌써 지냈나?"

신조는 반로환동으로 젊어졌고, 애묘는 몇 십 년이 흘렀건만 변하지 않았다. 하지만 다른 이들은 아니었다. 아랑 자신은 늙었고, 뇌호와 맹저는 죽었다.

아랑은 흰 천에 감싸 등 뒤에 놓아 둔 맹저의 머리를 보지 않았다. 그저 쓸쓸히 말했다.

"혼자서 약식으로."

"한 번 더 하자. 뇌호 오라버니도 같이."

"그래."

위패는 이미 만들었지만, 그것만으로는 부족했으니까.

"그런데 말이야."

애묘가 돌연 자리에서 일어섰다.

아랑은 자연스럽게 그런 애묘를 따라 고개를 들었다.

빙글 돌아선 애묘는 신조, 정확히는 신조의 곁에 웅크리고 잠든 청조를 보며 물었다.

"저 계집애는 대체 누구야?"

아랑은 청조를 보았고, 다시 애묘를 보았다. 저도 모르게 난처함을 느끼며 입을 열었다.

☯

궁기를 비롯한 암부들의 실패가 암룡에 전해지는 데는 그리 긴 시간이 걸리지 않았다.

사혼부를 사용하는 광룡은 암룡보다 며칠이나 앞서 그 소식을 접했다. 황룡의 죽음과 녹룡의 중상 또한 마찬가지였다.

암왕은 십삼조와 암룡의 싸움을 몰랐다. 암화라는 장막이 모든 것을 가리니 그 옛날 신산(神算)이라고까지

불렸던 암왕도 별수 없었다.

용왕대주는 적룡과 황룡의 죽음을 공표했다. 원정 이전에 광룡에 새로 입단할 인재들을 돌아보기 위해 서쪽 땅에 나섰다가 암습을 당했다는 것이 그 내용이었다.

통상이라면 쉽게 납득할 수 없는 이야기였다.

적룡과 황룡은 강했다. 무와는 담을 쌓은 문인들도 그 둘이 최소 정파구주의 장문인 수준의 무위를 갖추고 있음을 알았다. 광룡에 대해 조금 더 아는 자들은 광룡 대주들이 사황오제삼신과도 겨뤄 볼 만한 이들임을 알고 있었다.

그런 그들을 대체 누가 암살했단 말인가.

독인가, 그렇지 않으면 영웅의 호색함을 노린 여자인가.

용왕대주는 대승정과 대장군을 포함한 문무백관 모두의 의문을 해소하진 못했다. 하지만 적어도 황실의 진정한 힘 있는 인사들만은 납득시킬 수 있었다.

암룡 십삼조.

그들이 적룡과 황룡을 죽였다.

암룡의 존재를 아는 자들 가운데 십삼조를 모르는 이들은 없었다.

십삼조는 전원이 은퇴한 상태였기에 관리 소홀에 따른 책임이 암왕에게까지 돌아가지 않았다. 가장 최근에 은퇴한 신조를 관리했던, 도철의 직속상관이라 할 수 있는 암영에게 화가 미쳤다.

용왕대주와 암화의 합작이었다.

—암영을 밀어내고 암화가 암룡을 장악한다.

이 한 번의 공격으로 암영의 세력이 뿌리 뽑힐 리 만무했지만, 성공적인 첫 공격이라 할 만했다.

대승상은 용왕대주를 전적으로 신뢰했다. 광룡과 대립각을 세우는 대장군부의 수장인 대장군 또한 광룡의 대주가 둘이나 죽은 대사건에까지 토를 달지는 않았다. 안건은 빠르게 처리되었고, 황실의 사자들이 각지로 파견되었다.

제13막
전개

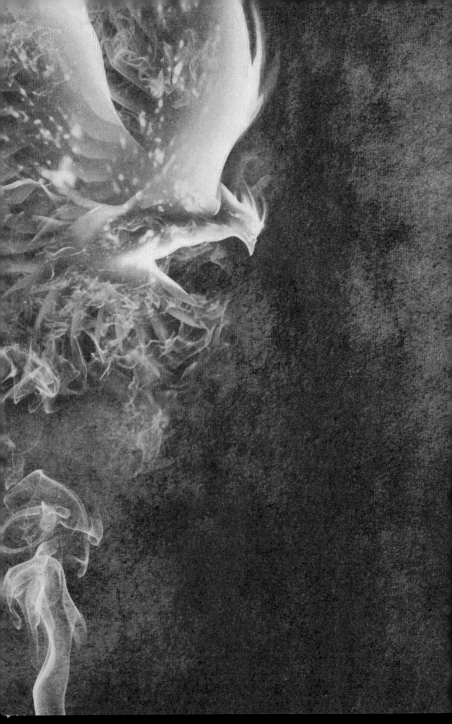

왜 좋아하게 된 걸까? 나도 몰라. 나도 날 이해할 수 없어. 바보같이 말이야.

— 애묘

●

맹저의 머리를 땅에 묻었다. 광룡과 암룡의 무리가 발견할까 두려워 묘비를 세우진 못했다. 어디인지 잊지 않기 위해 십삼조만이 알아볼 수 있는 표식을 근방에 새긴 것이 다였다.

신조와 애묘, 아랑은 마지막으로 울었다. 눈물로 맹저의 죽음을 인정했다.

일곱 중에 둘이 죽어 다섯이 남았다. 그 다섯 가운데 둘이 행방불명이었다. 어쩌면 이 세상에 존재하는 것은 여기 모인 셋뿐일지도 몰랐다.

애묘는 맹저가 묻힌 땅을 어루만지며 작게 속삭였다. 너무 작아 들을 수 없었고, 들으려 노력하는 자도 없었다.

애묘 다음은 아랑이었다. 아랑은 땅에 술을 붓는 것으로 마지막 인사를 대신했다.

애묘와 아랑이 지켜보는 가운데 신조가 맹저에게 작별했다. 마음속에 남긴 말을 굳이 입에 다시 담지 않았다.

세 사람은 다시 도철과 청조에게 돌아가 떠날 채비를 갖췄다. 시간이 많지 않았다.

아랑이 미리 땅에 묻어 둔 궤짝을 열어 일행 모두에게 옷과 봇짐을 하나씩 나눠 주었다. 봇짐장수로 분하기 위해서였다.

옷까지 모두 갈아입고 봇짐 하나씩을 메니 제법 그럴듯했지만, 그래도 문제가 있었다.

여자 둘에 노인이 하나. 그것도 여자 둘이 한 번 보면 잊기 힘들 정도로 미녀들이다 보니 너무 눈에 띄었다.

애묘는 간단하게 문제를 해결했다. 미리 챙겨 둔 작은 짐에서 인피면구 하나씩을 꺼내 일행에게 배분했다.

신조와 아랑은 송진과 화장 도구를 이용해 어렵사리나마 변장을 마쳤지만, 아무래도 이런 일이 처음인 청조는 혼자 힘으로 인피면구를 부착할 수가 없었다.

위화감이 들지 않도록 얼굴에 잘 붙이는 것도 문제였지만, 인피면구와 본래 피부가 드러나는 귀와 목 사이의 이질감을 제거하는 것이 특히 더 중요했다. 애묘는 솜씨 좋게 여러 색의 분을 배합해 인피면구의 흔적을 지웠다.

"됐다, 감쪽같아."

청조의 뺨을 탁탁 두드린 애묘는 자리에서 허리를 펴고 일어섰다. 애묘는 중년의 미부로 변장했고, 청조는 어디 하나 특색 없는 평범한 삼십 대 여인이 되었다.

청조는 애묘가 준 동경에 스스로의 얼굴을 비춰 보고 깜짝 놀라 탄성을 토했다.

애묘가 빙그레 웃었다.

"신기해?"

"어…… 예. 진짜 대단하세요!"

청조가 연신 고개를 끄덕이며 그리 말했다.

애묘가 눈을 가늘게 뜨며 하얗게 웃었다. 청조에게 얼굴을 가까이 하면서 말했다.

"그런데 말이야……."

"네?"

"그거 진짜야."

청조는 눈을 깜박였다. 무슨 말인지 이해하지 못했다.

애묘가 혀를 살짝 내밀며 다시 속삭였다.

"진짜 사람 얼굴 가죽."

청조의 눈동자가 커졌다. 얼굴을 매만지던 손이 그대로 굳어 버렸다.

그런 청조의 귀를 살짝 깨물어 준 애묘는 깔깔 웃으며 자리에서 일어섰다.

그러고도 잠시 멍해 있던 청조는 간신히 비명을 억누르며 얼굴에 대고 있던 손을 뗐다. 어쩔 줄을 몰라 하며 어깨를 떨었다.

그 광경을 옆에서 지켜보던 아랑은 얼굴을 찡그렸다.

"진짜 성격 안 좋다."

예나 지금이나 정말 변한 게 하나도 없었다. 아랑이 신조의 옆구리를 찔렀다.

"넌 저런 게 왜 좋냐? 예쁘면 장땡이냐?"

신조는 답하는 대신 부들부들 떨면서도 결국 자리에서 일어나 숨을 가다듬는 청조를 보았다. 고개를 돌려 자신을 쳐다보는 애묘와 시선을 마주했다.

"선택의 시간이야."

애묘가 신조에게 다가서며 턱짓으로 도철을 가리켰다. 애묘에게 혈이 제압당해 옴짝달싹 못하고 꿇어앉아 있었다.

"데려갈 거야?"

도철을 어떻게 할 것인가.

도철을 신뢰할 수 있을 것인가.

이미 한 번 믿는다고 말했지만 애묘는 다시 한 번 생각할 것을 요구했다. 어찌 되었든 도철은 암룡의 암부였다. 눈 하나 깜박 안 하고 이중첩자 노릇을 할 수 있는 것이 암룡 암부라는 사실을 애묘는 잊지 않았다.

신조는 뒷목을 주물렀다. 피로함이 어린 목소리로 도철에게 물었다.

"넌 암영의 파벌이었지."

암화와 암영.

본래라면 암왕을 보좌해야 할 두 사람. 그 두 사람이
서로 파벌을 나누어 다투고 있었다. 암화는 암왕의 눈
을 가리고 광룡과 협조하고 있을 가능성이 높았다.

도철을 믿을 것인가. 믿고 나서 후회하지 않을 것인
가. 설사 추후에 배신당하더라도 배신한 도철을 원망하
는 것이 아니라 선택한 스스로를 책망할 자신이 있는
가.

가장 편한 방법은 도철을 죽이는 것이었다. 뇌호와
애묘의 방식이었다.

하지만 신조는 그렇게 하지 않았다. 손을 놀려 도철
의 혈을 풀어주었다.

"어차피 돌아갈 수도 없겠죠. 함께하겠습니다."

도철의 대답이었다.

하지만 애묘는 코웃음을 치더니 겨우 떠는 것을 멈춘
청조의 허리를 끌어안았다.

"난 혹 달고 다닐 생각 없어. 이미 하나로 충분하거
든."

도철이 혹이 될 리 없었다. 암룡에서 하나의 조를 이

끌었던 도철이 아닌가. 애묘가 지적한 것은 이번에도 도철의 배신 가능성이었다. 애묘는 십삼조 가운데서 가장 끈질겼다. 때론 집요해 보일 정도였다.

신조는 이번에도 고개를 가로저었다. 쓰게 웃으며 도철을 일으켜 세웠다.

"오래 살아서 은퇴하라고 했더니만."

"살아남으면 은퇴할 날도 오겠죠."

신조는 대꾸하는 대신 어깨를 두드린 뒤 애묘 쪽을 보았다.

애묘가 인상을 찡그렸다.

"자."

인피면구였다. 신조는 두말없이 도철에게 넘겼다.

도철도 변장이 필요했다. 궁기와 허웅이 죽었지만 길호가 살아남았으니 도철도 이제 암룡의 척살 대상이 되었을 터다.

"하여간…… 여전하구나."

"누나도 여전하니까."

도철이 변장을 끝마치는 데는 오랜 시간이 걸리지 않았다.

아직도 이르다면 이른 아침, 일행은 남쪽으로 향했다.

사정혜와 검제는 폐허 위에 나란히 섰다. 한때는 오가장이라 불리던 장소였다.

천마회에게 추월문과 오가장, 유위관이 멸문당한 것은 벌써 며칠 전의 일이었다. 하지만 지금도 끔찍한 혈겁의 자취가 선명했다.

천마회는 남녀노소를 가리지 않고 죽였다. 큰불을 놓아 건물까지 모두 무너트렸다.

죽은 이는 세 개 문파 합쳐 일백스물한 명. 개중에는 무인이 아닌 자들도 다수 포함되어 있었다.

검제 백강호는 폐허 한가운데 서서 타다 남은 잔해들을 물끄러미 바라보았다.

"단순히……."

다른 곳을 둘러보던 사정혜가 고개를 돌렸다.

검제는 사정혜를 기다렸지만 얼굴을 마주하지는 않았다. 잠시 끊었던 말을 이었다.

"겁을 먹게 하려는 걸까?"

정파구주 가운데 하나인 비사문을 쳐 치명적인 타격

을 입혔다.

비사문의 위명 아래 기대어 사는 중소 문파 셋을 멸문시켰다.

결과적으로 수백 명에 달하는 사람들이 죽거나 다쳤다. 천마회 또한 적지 않은 피해를 입었다.

천마회가 이러한 행동으로 얻은 것은 무엇인가.

사정혜는 검제의 옆얼굴을 바라보았다. 선이 굵어 남자다운 얼굴은 무표정했다.

"지난번에 그랬지?"

검제가 시선을 돌렸다.

사정혜가 마른 입술을 살짝 핥으며 말했다.

"가가라면 비사문 이후엔 중소 문파들을 공격할 거라고."

"그게 사리에 맞으니까."

검제는 다시 폐허를 보았다. 부서지고 파괴된 모습은 비사문과 다르지 않았다.

"비사문은 방심하고 있었다. 그래서 심장부를 내주었지."

도심 한가운데 위치한 본문이기에 방비를 제대로 갖추지 못했다. 전국 곳곳에 자리한 지부에 고수들을 파견했기에 본문을 지키는 고수의 수가 부족했다.

그 누가 감히 비사문을 공격하겠는가. 서쪽 땅 제일의 금력을 가진 비사문을 말인가.

비사문과 세인들의 생각이었다. 그리고 그 생각은 천마회의 공격으로 산산이 부서지고 말았다.

"비사문은 서쪽 땅 곳곳에 배치해 두었던 고수들을 모두 본가로 불러 모았다. 그 힘은 이제 만만치 않아."

"그리고 비사문 사태를 보고 잔뜩 쫀 다른 문파들은 방비를 강화했고 말이야. 그 힘 역시 만만치 않다는 거지?"

사정혜가 고개를 살짝 기울이며 검제의 반응을 살폈다.

검제는 무표정한 얼굴로 말을 이었다.

"그래. 놈들의 목적이 무엇이든…… 세력이 얼마나 되던 지금 같은 상황에 비사문과 동급의 문파를 공격한다는 건 쉽지 않은 선택이지."

"그래서 약한 놈들부터? 가가는 지금 놈들이 무림 전체에 싸움을 걸고 있다고 말하는 거야?"

검제의 이야기는 그럴듯했지만, 가만히 생각해 보면 타당성이 부족했다. 사정혜의 말처럼 천마회가 무림 전체와 싸울 생각이 아니라면 취하기 힘든 행동이었다.

검제는 사정혜의 물음에 답하는 대신 시선을 높이하며 다른 말을 했다.

"천마회(千魔會). 놈들은 어디서 왔을까? 당금 천하에 누가 천마회를 키워 냈을까?"

천마회의 저력은 막강했다. 검기상인에 오른 고수의 숫자가 아무리 적게 잡아도 쉰을 넘었고, 그 휘하로 한 번에 동원할 수 있는 무인의 숫자 또한 백을 넘게 헤아렸다.

검제는 태어나서 지금까지 검의 길만을 걸어온 무골이었지만 세상사에 어둡지만은 않았다. 다수의 고수를 길러 내기 위해 필요한 것은 좋은 스승과 좋은 무공만이 아니었다.

돈.

어마어마하게 많은 돈.

무공 수련에만 몰두하는 무인은 땡전 한 푼 만들어 내지 못했다. 무광이 가득한 천검문이 유지될 수 있는 것은 천검문이 보유한 수많은 전답과 국가의 지원, 인근의 상인과 부호들로부터 들어오는 각종 '기부금' 덕분이었다.

"정파구주나 사파칠주는 아닐 거야. 서로를 치열하게 감시하고 있으니까. 저 정도 여력을 따로 뺀다는 건 불가능에 가깝다."

"그렇다면 새외삼각?"

정파도 사파도 아닌 새외의 무리들. 그중에서도 강력한 힘을 가진 세력 셋을 중원에서는 새외삼각이라 따로 불렀다.

중원에서는 '마교'라 부르는 일월성교.

북방의 기마민족들로 구성된 흑풍대.

바다에 점점이 이어진 섬들에 터를 잡은 해남십육가.

저 셋은 정파구주나 사파칠주보다도 더 거대한 '조직'으로써의 힘을 보유하고 있었다. 새외에 존재하기 때문에 다른 문파들의 눈을 피해 별개의 무장 집단을 만드는 일도 어렵지 않았다.

"가능성은 가장 높지. 하지만 왠지 그럴 것 같지는 않다."

진지하게 듣고 있던 사정혜가 돌연 피식 웃었다.

"그냥 감이야?"

"네 식으로 말하자면 그렇겠지."

"내 식이 아니라, 그런 게 바로 감이야. 가가."

사정혜는 정정해 줬고 검제는 대답하지 않았다. 사정혜는 키득 웃었다. 목석같은 검제의 어깨에 가만히 머리를 기대며 종달새처럼 재잘거렸다.

"정파구주나 사파칠주도 아니고, 새외삼각도 아니면 대체 누구야? 저 먼 서역에서 나타난 놈들이기라도 하다는 거야? 천마회 놈들 눈 색깔이랑 체형을 보니 색목인(色目人) 같지는 않던데?"

"그래, 네 말대로 색목인은 아니겠지. 그보다는 차라리……."

"차라리?"

검제는 고개를 가로저었다. 커다란 손으로 사정혜의 머리를 쓰다듬었다.

"아니다. 잊어버려라. 막연한 추측뿐이니 함부로 입에 담을 수 없다."

"뭐야, 그게? 잔뜩 궁금하게 만들어 놓고 지금 꽁무니 빼겠다는 거야?"

검제는 이번에도 대답하는 대신 사정혜의 머리만 쓰다듬었다.

사정혜가 입술을 삐쭉 내밀며 검제를 노려보았지만, 그런다고 열릴 검제의 입이 아니었다.

검제는 발걸음을 내딛었다. 툴툴거리면서도 팔을 끌어안는 사정혜와 함께 비사문으로 돌아갔다.

◐

신조 일행은 두 패로 나뉘어 시간차를 두고 기동했다. 남자 셋에 여자 둘이라는 성비가 공개된 마당에 다섯이서 함께 돌아다니는 건 '흔적'을 사방팔방 뿌리고 다니는 것이나 다름없기 때문이었다.

아랑과 신조는 암룡과 광룡이 어떤 방식으로 추적을 행할지 알고 있었다.

황룡과의 싸움이 있던 장소를 기준으로 해서 기일 내로 기동할 수 있는 범위를 측정한다. 그 범위 내에서 일행이라 여길 수 있는 자들의 흔적을 하나하나 추적한다.

일견 무식해 보이지만 최선의 수인 동시에 효과적인 수이기도 하였다. 별생각 없이 다섯이 뭉쳐 다니다가는 대번에 포착될 가능성이 높았다.

신조와 청조가 한 조가 되었고, 다시 아랑과 애묘와 도철이 한 조가 되었다. 아랑이 이처럼 조를 나눈 데에는 나름의 이유가 있었다.

첫째, 청조와 애묘를 떨어트린다.

애묘가 청조에게 정말 큰 해코지를 할 리는 없었지만, 붙어 다녀서 하등 좋을 것이 없었다. 더욱이 여자 둘이서만 돌아다닌다면 사람들의 눈에 띌 가능성이 높았다. 인상에도 강하게 남을 터이니 추적할 단서를 붙여 주는 것과 조금도 다름이 없었다.

둘째, 신조와 애묘를 떨어트린다.

목숨이 걸린 도주 상황에 이런 것을 따지는 것도 우스웠지만, 아랑은 신조와 애묘가 함께 다니는 것을 원치 않았다. 신조에게 있어 애묘는 치명적인 독이나 다름없었다. 가능한 거리를 유지하는 것이 좋았다.

셋째, 신조와 도철을 떨어트린다.

아랑 역시 애묘와 마찬가지로 도철을 믿지 못했다. 신조는 '적'이라 판단한 이에게는 손속에 사정을 두지 않았지만, 적이 아닌 이에게는 너무 물렀다. 당장에 청조에게 하는 행동만 보아도 그랬다. 다른 암부들이었다면 청조의 안부 따위는 신경조차 쓰지 않았으리라.

신조는 도철을 적이라 생각하지 않고 있었다. 만에 하나라도 도철이 진정 암계를 속에 품은 이중첩자라면 일이 완전히 어그러질 가능성이 있었다. 도철은 아랑 자신과 애묘의 시야에 두어야만 했다.

마지막으로 도철과 애묘를 떨어트려 놓아야 했다. 애묘는 신조와 달랐다. 애묘에게 있어 아군은 오직 십삼조와 스승님뿐이었다. 도철과 애묘만 남는다면 애묘는 도철을 죽일 것이 분명했다. 도철이 이중첩자일 때 발생할 수 있는 일들을 미연에 방지하기 위해서 말이다.

아랑은 조 구성원을 지금과 같이 배정한 이유에 대해 구구절절이 설명하지 않았다. 애묘는 아랑을 쳐다보며 의미심장한 미소를 지어 보였지만, 딱히 반대 의사를 표명하지도 않았다.

신조와 청조가 먼저 산을 내려갔다. 시간차를 두기 위해 산에 남은 아랑과 애묘는 넓적한 바위 위에 나란히 앉았다.

도철은 이번에도 혈을 제압당한 상태로 바닥에 주저앉았다.

아침 공기가 맑았다. 애묘가 먼저 입을 열었다.

"어느 쪽이 더 빠를까?"

"뭐가?"

"우리가 광룡 대주 놈들을 다 죽이는 데 걸리는 시간

과 요호 언니를 찾는 데 걸리는 시간."

십삼조를 적극적으로 노리는 건 광룡이니, 광룡을 초
토화시키면 굳이 요호를 찾아내 보호하지 않아도 요호
는 안전해진다.

아랑이 쓰게 웃었다.

"무조건 후자겠지."

광룡 여섯 대주 가운데 둘을 죽였지만, 아직 넷이 남
아 있었다. 황실에 자리한 용왕대주까지 고려한다면 아
직도 대주가 다섯이나 남았다는 소리였다. 더욱이 그들
전원은 황실에 자리를 잡고 있었다. 단시간 내에 처리
한다는 것은 불가능했다.

하지만 애묘는 아랑의 눈을 응시했다.

"정말…… 그럴까?"

애묘의 눈은 위험했다. 애묘는 치명적인 맹독이었다.
아랑은 애묘의 눈 대신 그녀의 입술을 보았다.

"정말 그래. 나도 다 조져 버리고 싶은 생각은 굴뚝
같지만, 쉽지 않아. 신조에게도 네가 그랬다며, 긴 사
냥이 될 거라고."

일 년에서 이 년으로 끝날 일이 아니었다. 어쩌면 남
은 여생 전부를 바쳐도 이룰 없는 일이 될지도 몰랐다.

아랑은 불길한 예상을 머릿속에서 지웠다. 입을 열어 다른 말을 꺼냈다.

"이번에야말로 수배령이 내려지겠지. 암룡과 꽝룡도 보다 적극적으로 나올 것이 분명해."

대주 둘이 죽었으니 더 이상 미적거릴 리가 없었다. 애묘는 다시 먼 곳으로 시선을 돌렸다.

"어딜 파헤쳐야 알 수 있을까?"

"놈들이 우릴 노리는 이유?"

"그래. 뭔가 목적이 있을 거야. 진정한 목적 말이야."

어째서 십삼조를 제거하려 하는가. 이미 은퇴한 지 십 년이 다 되어 가는 노부들을 굳이 끌어내 죽이려 하는 이유는 무엇인가.

아랑이 뒷머리를 긁적였다.

"생각나는 건 둘인데…… 하나는 가능성이 너무 낮군."

"설마 내가 생각하는 그거야?"

앞뒤 없는 말이었다. 하지만 아랑은 알아들었다. 오히려 되물었다.

"나머지 하나는 뭐라고 생각하는데?"

"뭐, 우리가 저들 일에 방해가 돼서겠지."

"그래, 그게 그나마 가능성이 있지."

방해가 되니 죽여서 치워 버린다.

누가 생각해도 가장 명확한 이유였다. 하지만 아랑과 애묘는 다른 것을 염두에 두고 있었다. 가능성이 무척이나 낮다는 사실을 알고 있음에도 말이다.

십삼조 개개인이 익힌 스승님의 절기.

그 절기의 전승을 가능케 하는 비보.

아랑도, 애묘도 서로의 눈빛을 읽었다. 하나 실체화된 목소리로 만들지 않고 다른 이야기를 하였다.

"일단은 천마회."

"우리가 잡아넣은 마인들의 무공을 사용한다고 했지?"

"그래. 광룡이 만들어 낸 집단임이 분명해."

그렇게밖에 생각할 수 없었다. 아랑은 혼잣말하듯 말을 이었다.

"놈들은 지금 무림을 공격하고 있다. 그래서 놈들이 얻는 이익은 무엇인가."

천마회의 힘은 막강했다. 제아무리 황실을 등에 업고 있는 광룡이라 해도 긴 시간과 많은 자금을 동원하지 않고서는 만들 수 없는 조직이었다.

그런데 그 힘을 무림을 치는 데 쓰고 있다. 그 과정에서 천마회 또한 막대한 손실을 알고 있음에도 강행하고 있다.

이유는 무엇인가. 무림을 쳐서 얻는 이득은 대체 무엇인가.

"다음 목표는 어디라고 생각해?"

"놈들이 무림을 공격하는 이유를 모르니 알 수 없지. 그 이유에 따라 공격 목표도 달라질 테고 말이야. 다만 나라면……."

"너라면?"

아랑은 자리에서 일어섰다. 행로로 잡은 남쪽도, 비사문과 진선도가 있는 서쪽도 아닌 북동쪽으로 시선을 돌렸다. 애묘의 물음에 답했다.

"전혀 엉뚱한 곳을 치겠지."

☯

정파구주 가운데 하나이자 동쪽 땅의 실세인 태양궁의 궁주 금안천군 조영민은 무릎을 꿇었다. 그대로 허물어져 바닥에 쓰러졌다.

숨을 쉴 수 없었다. 물먹은 솜처럼 팔다리가 무거웠다.

금안천군 조영민은 강했다. 정파구주의 하나인 태양궁의 지존인 궁주의 자리에 조금도 부족함이 없는 무인이었다. 하지만 패했다. 차가운 죽음만이 그를 기다리고 있었다.

밤길에 일어난 암습이었다. 어림잡아 이십 명 남짓이란 것만 겨우 헤아릴 수 있을 뿐, 적의 숫자를 명확히 파악할 겨를도 없는 혼전이었다.

궁주를 호위하던 태양궁의 무사들은 검은 옷을 입고 귀신 가면으로 얼굴을 가린 무리들에 묶여 궁주를 지키지 못했다. 궁주는 뿔 세 개가 돋아난 하얀 귀신 가면을 쓴 자와 일대일로 겨루었고, 이십 합을 나누었을 무렵에 일수를 허용했다.

귀신 가면을 쓴 무리들은 저마다 사용하는 무공이 달랐다. 사용하는 병기 또한 제각각이었다.

궁주를 쓰러트린 자는 커다란 태도를 사용했다. 그가 바닥에 쓰러진 궁주 앞에 섰다.

"피를 너무 많이 흘렸다. 이름에 걸맞게 잘 싸웠으니

이제 그만 죽어라."

아랫사람 대하는 태도에 분통을 터트릴 만도 하건만 궁주는 아무런 반응도 보이지 못했다. 뿔난 귀신 가면을 쓴 자, 삼각귀의 말마따나 피를 너무 많이 흘렸다. 궁주의 귀는 이미 제 역할을 수행하지 못했다.

삼각귀는 무심히 손을 놀려 태도로 궁주의 등을 찔렀다. 살을 가르고 뼈를 부숴 심장을 파괴했다.

한차례 경련이 끝이었다. 지난 이십 년 동안 동쪽 땅의 강자로 이름 높았던 태양궁주 금안천군의 최후치고는 너무나 볼품없었지만, 이를 신경 쓰는 이는 아무도 없었다.

삼각귀는 태양궁 무사들과 천마회 마인들의 싸움을 지켜보았다. 궁주를 호위하던 자들답게 꽤나 수준이 높은 태양궁 무사들이었지만 수적 열위를 견뎌 내지 못했다.

삼각귀는 가면을 벗었다. 여느 천마회 마인들과 달리 그의 얼굴은 눈코입이 모두 멀쩡했다. 노인이었다. 하지만 나이를 쉬이 짐작할 수 없었다. 머리칼과 눈썹이 흰색이었지만 얼굴에 주름이 적었다. 떡 벌어진 어깨와 검은 암행복으로도 감출 수 없는 탄탄한 육신은 젊은이의 그것과 다를 바가 없었다.

삼각귀, 과거 패천일도라 불렸던 마인은 애도 야차를
갈무리 한 뒤 태양궁주의 시신에 손을 뻗었다. 허공섭
물의 수를 발휘하여 태양궁주가 놓친 태양검을 회수했
다.

"백야의 팔대기병 가운데 하나라더니, 과연 좋은 검
이긴 하구나."

감상은 그것이 전부였다. 다시 귀신 가면을 뒤집어쓴
삼각귀는 야차로 태양검을 내려쳐 두 동강을 내 버렸다.
천마회 마인들이 몇 안 되는 태양궁 무사들을 학살하는
장면을 지켜보는 대신 돌아섰다.

태양궁주 금안천군 조영민이 천마회의 손에 목숨을
잃었다는 소식이 동쪽 땅 전역에 전파되는 데는 그리
오랜 시간이 걸리지 않았다.

제14막

남하

내가, 내가 요호 언니나 애묘 언니처럼 아름다웠다면
네 마음도 조금은 달라지지 않았을까?

— 맹저

●

두 패로 갈리고 나서도 하루가 지난 아침, 신조와 청
조는 나란히 걸었다. 인피면구를 이용해 분한 둘이었기
에 겉만 봐서는 마흔 언저리쯤으로 보이는 중년 부부처
럼 보였다.

이틀 전부터 청조는 신조에게 쉽사리 말을 걸지 못했다. 가끔 입술을 달싹거렸지만 그때만 그럴 뿐, 눈치만 살피다 입을 앙다물기 일쑤였다.

신조가 그런 청조를 보지 못한 것이 아니었다. 하지만 먼저 말을 걸 마음의 여유가 없었다. 육십 평생 살아오며 참으로 많은 이들의 죽음을 보았다. 하지만 '피붙이'나 다름없는 이의 죽음은 처음이었다.

맹저와 뇌호의 죽음이 신조의 가슴을 짓눌렀다.

신조는 숨을 골랐다. 생각을 쏟지 않기 위해, 스스로의 감정을 죽이기 위해 노력했다.

"그래, 갑갑하지는 않고?"

부지불식간에 튀어나온 말은 앞뒤가 없었다. 더욱이 메말라 있었다. 하지만 신조는 스스로의 말을 수습하지 않았다. 그저 기다렸다.

청조가 주춤주춤 대답했다.

"어…… 음…… 견딜 만…… 해요."

이음새를 숨기기 위해 송진을 바른 터라 공기가 잘 통하지 않으니 답답할 수밖에 없었다. 더욱이 진짜 사람 가죽이란 사실을 알았으니 얼마나 꺼림칙하겠는가. 울면서 인피면구를 벗어젖히지 않은 것만으로도 칭찬받아 마땅했다.

신조는 손을 뻗어 청조의 머리를 가만히 쓰다듬었다.
굳이 사람 가죽이란 사실을 알려 준 애묘의 짓궂음을
마음속으로 타박하며 말했다.

"너무 겁먹지 마라. 그거 사람 가죽 아니니까."

"지, 진짜요?"

청조가 얼른 되물었다. 눈이 왕방울만 하게 커지는
걸 보니 어지간히 반가운 소리인 모양이었다.

얼굴이야 인피면구였지만 눈동자만은 청조의 것이었
으니까. 그 초롱초롱한 눈을 차마 마주하지 못한 신조
는 시선을 슥 돌리며 볼을 긁적였다.

"미안하다."

청조가 어떤 표정일지는 보지 않아도 눈에 선했다.

어깨를 움츠리고 터벅터벅 걷던 청조가 돌연 말했다.

"그러고 보니 삼촌은 잘 지낼까요? 못 본 지 꽤 되
었네요. 또 어디 가서 도박이나 하고 있겠죠?"

나름대로 분위기를 돌려 보려는 듯 밝은 목소리로 재
잘거렸다. 하지만 그 내용이 문제였다. 유성의 말대
로라면 황금충은 이미 죽은 지 보름이 넘었다. 청조에게
이 사실을 알려 주는 것이 옳은 것일까, 옳지 않은 것

일까?

신조는 인피면구로 어색함을 감추었다.

"그래, 다름 아닌 황금충이니까."

아랑도 신조에게 뇌호와 맹저의 죽음을 숨겼다. 언젠가는 드러날 사실임을 알면서도 그리했다. 신조도 똑같았다.

"서두르자. 갈 길이 머니까. 이번에는 업어 줄 수 없는 거 알지?"

신조가 다시 청조의 머리를 쓰다듬으며 말했다. 제법 무리를 한 보람이 있는지 청조가 까르르 웃으며 잔망스럽게 답했다.

"누가 애인 줄 아세요?"

"애지. 그것도 핏덩이."

인피면구 덕분에 사십 대로 보이는 청조였지만, 신조에게는 그렇게 느껴지지 않았다.

잡담을 나눈 덕인지 발걸음이 조금이나마 가벼워진 청조가 약간의 망설임 끝에 물었다.

"그런데…… 어디로 가는 건가요?"

청조는 행선지를 몰랐다. 아니, 애당초 현재 일이 어떻게 돌아가는지도 알지 못했다. 이제야 겨우 행선지를 묻는 것은 청조가 어리석어서가 아니라 그만큼 인내심이 강하기 때문이리라.

신조는 굽이진 언덕길을 올려다보았다.

"아랑 형에게는 어디까지 들었지?"

"그다지 많이 듣지는 못했어요. 두 분이 황실의 특수 부대? 아무튼 그런 곳에 소속되어 있다가 은퇴했는데 그 부대에서 갑자기 두 분의 목숨을 노리고 있다는 거랑……."

잠시 말을 끊은 청조는 침을 꿀꺽 삼켰다. 마음을 다잡 듯 심호흡까지 한 뒤 말을 이었다.

"제가 한목숨 살겠다고 쪼르르 달려가서 고해 봤자 고문만 당하다 죽을 거란 이야기요."

신조는 잠시 할 말을 잃었다. 사실이긴 했지만 그래도 정말 저렇게 말했을 줄이야.

어디부터 말해야 하는 것일까? 어디까지 알려 주어야 하는 것일까?

아랑의 말마따나 청조가 광룡이나 암룡에게 끌려간다면 아는 것을 모두 토해 내고 목숨을 잃을 것이 분명했다. 사실 '내용'은 그다지 중요하지 않았다. 어차피 신조가 현재 말해 줄 수 있는 것들이라면 암룡이나 광룡 역시 모두 알고 있을 것이 분명했으니 말이다.

문제가 되는 것은 청조가 살아 보겠다고 암룡이나 광룡과 접촉함에 따라 일행의 위치가 노출되는 상황이었다.

청조는 과연 아랑의 말을 제대로 이해한 것일까?

신조는 눈을 감았다. 다른 것이 떠올랐다.

"아무것도 모른 채 죽고 싶진 않아요."

청조가 했던 말이었다. 청조에게는 사실을 알 자격이 있었다.

"황실에는 광룡과 암룡이라는 두 조직이 존재한다. 그중에서 광룡은 황실의 대외적인 무력을 상징하지. 한 번도 들어 본 적 없나?"

"있긴 해요. 황실 근위대 비슷한 거라고 들었어요."

청조가 재깍 답하자 신조가 고개를 끄덕였다.

"그래. 그리고 암룡은 황실의 비밀 조직이다. 일단은 존재 자체가 비밀이고…… 각종 첩보 임무와 암살 임무를 수행하지. 나와 아랑 형, 그리고 애묘 누나는 그런 암룡 출신이다."

청조는 신조의 말에 집중했다.

"암룡은 적게는 세 명에서 많게는 열댓 명까지를 한 조로 짜서 활동하는데, 나는 십삼조였다. 모두 일곱 명이었고…… 한평생을 함께한 친남매나 다름없는 사이지."

청조는 이틀 전의 대화를 잊지 않았다.

맹저와 뇌호. 두 사람도 십삼조의 조원임이 분명했다.

"하나하나 은퇴했고, 내가 마지막으로 은퇴했다. 그런데 아랑 형 말마따나 갑자기 광룡이 우릴 죽이려 하고 있어. 암룡도 마찬가지고 말이다."

신조는 거기서 잠시 말을 끊었다. 청조의 눈동자를 들여다보며 물었다.

"토사구팽치고는 이상하지?"

"네. 은퇴하고 나서 뒤늦게 공격을 한다는 부분이……."

애당초 토사구팽을 할 것이라면 무엇 때문에 은퇴를 시켰단 말인가.

신조가 이야기를 재개했다.

"암룡 역시 내분이 일어난 모양이다. 암영과 암화…… 이 두 파벌로 갈려서 싸우고 있는 듯해. 광룡과 손잡고 우릴 죽이려는 건 암화인 것 같다. 도철 녀석은 암영 파벌 소속이고."

내분이 일어났기에 신조의 은퇴를 막지 못했다.

하지만 그렇다 할지라도 이상한 점이 완전히 해소되는 것은 아니었다.

왜 하필 지금 십삼조를 제거하려 하는가.

십삼조를 제거함으로써 놈들이 얻는 이득이 대체 무엇이란 말인가.

"그럼 도망…… 치실 생각이세요?"

청조가 신조의 안색을 살폈지만 인피면구 때문에 알아낼 수 있는 것이 없었다. 청조는 눈을 꽉 감으며 빠르게 말했다.

"화, 황실이 적이라는 소리나 다름없잖아요."

황실의 두 기관인 암룡과 광룡에게 쫓기고 있다. 두 조직이 목숨을 노리고 있다.

청조의 말마따나 황실과 대적하고 있다고 해도 과언이 아닌 상황이었다.

평시라면 신조 또한 도망을 선택했을 가능성이 높았다. 미련 없이 '제'가 아닌 새외로 나가 여생을 보냈을 터였다.

하지만 이제는 그럴 수 없었다.

"도망치지 않을 거다."

청조가 눈을 깜박였다. 신조가 말하지 않아도 청조는
이미 그 이유를 알고 있었다.

"십삼조 가운데 벌써 둘이 죽었다. 놈들에게 핏값을
받아내야 해."

청조는 저도 모르게 어깨를 늘어트렸다.

계란으로 바위치기. 아니, 딱히 표현할 말이 없어서
그렇지, 그보다 더한 일로 여겨졌기 때문이었다.

신조가 청조의 머리를 쓰다듬었다.

"이런 일에 말려들게 해서 미안하다."

청조는 아무것도 잘못하지 않았다. 아랑이 청조를 신
조의 신붓감으로 고르지만 않았더라면 이런 횡액에 말
려들지 않았을 터다. 아마도 청월루에서 숙수 일을 하
며 평화로운 일상을 만끽했으리라.

신조는 청조에게 원망을 살 각오를 했다. 청조가 욕
지거리를 토하며 울부짖어도 이해할 생각이었다. 하지
만 청조는 그렇게 하지 않았다. 어깨를 축 늘어트리고
한숨을 길게 토했지만, 끝내는 다시 허리를 곧이 세웠
다. 억지인 게 분명했지만 그래도 웃어 보였다.

"팔자죠, 뭐."

체념한 말투였다. 힘이 실려 있지 않았다. 그래도 청
조는 계속해서 말했다.

"덕분에 무공도 익히고 월광단도…… 음음, 월광단도
먹었잖아요? 누가 알아요. 나중에 신조 어르신처럼 반
로환동까지 해서 예쁘게 잘살지. 그리고 생각해 보
면…… 그대로 숙수 일 하고 있었으면 청안독노가 청월
루에 독을 풀었을 때 죽었을 수도 있고요."

하나하나 말을 늘어놓으며 스스로를 납득시켰다. 신
세를 비관하는 대신 어떻게든 일어서기 위해 노력했다.

신조는 어째서 아랑이 청조를 선택했는지 새삼 이해
할 수 있었다.

"왜…… 요?"

"아니다. 그보다 하던 이야기를 마저 해야겠지."

짐짓 청조보다 한 걸음 더 앞서 나간 신조가 말했다.

"일곱 중에 둘이 죽었고, 셋이 지금 이 자리에 있다.
나머지 둘은 행방불명이지. 일단 그 둘을 찾을 생각이
다."

청조가 쪼르르 발걸음을 빨리해 신조의 옆에 바싹 붙
었다.

"요호…… 라는 분이요?"

"그래. 마지막으로 연락이 되었던 곳으로 가 보려고 한다. 천검문의 영역 경계에 아슬아슬하게 걸치는 영월이다."

영월은 서쪽 땅 중앙에서 약간 더 아래쪽에 치우친 곳이었다. 백룡강을 기준으로 보자면 강남이었는데, 엄밀히 말해 영월은 천검문보다는 사파의 영역에 속해 있다고 할 수 있었다.

"그럼 영월에서 다시 아랑 어르신이랑 애묘…… 님을 만나는 건가요?"

애묘 이름을 언급할 때는 저도 모르게 말을 더듬었다. 애묘는 십삼조를 제외한 누구에게나 치명적인 독이었으니까. 청조가 애묘를 어려워하는 이유도 결국에는 본능적인 공포에서 기인한 것이리라.

"그렇긴 하다만…… 그 둘은 다른 곳을 경유할 예정이다."

청조가 어디냐고 물을 필요는 없었다. 신조는 고개를 남동쪽으로 돌리며 말을 맺었다.

"천검문이다."

정파에서 가장 강한 문파가 어디냐고 묻는다면 열이면 열, 같은 대답이 돌아오게 되어 있었다.

정파 최강 천검문(天劍門).

'제'의 시대 이전, '조'의 시대를 살았던 검성(劍聖) 유운비에게는 꿈이 있었다.

세상의 모든 검을 하나로 모은 궁극의 하나, 하늘의 검을 이룩한다.

유운비는 그 꿈을 이루기 위해 천검문을 세웠다. 세상의 모든 검법을 식견하고, 그 요체를 하나로 모으기 위해 노력했다.

그리고 그렇게 이어진 세월이 사백 년에 달했다.

천검문은 검의 길에 미친 무광들의 문파였다. 사백년 세월 동안 수많은 검법을 창시하고 해체하고 융합한 결과, 검성 유운비의 시대와는 비교조차 할 수 없는 무의 성장을 이룩하였다.

천검문은 정파 최강이었다. 아니, 기실 중원 최강의 문파라 할 수 있었다. 사파 최강이라 불리는 흑사문도 천검문 앞에서는 한 걸음 물러설 수밖에 없었다.

무림의 열두 지존이라 칭송받는 사황오제삼신 가운데서도 검제(劍帝)와 검신(劍神)의 자리는 늘 천검문의 것이었다.

백 년 전, 고금제일마 혈랑마존과의 혈투에서 유일하게 살아 돌아온 검신 용화성의 시대 이후 천검문의 위세는 그야말로 하늘을 찔렀다.

천검문.

검의 길을 걷는 이들의 이상향.

"하지만 너무 커져 버렸어."

천검문으로 향하는 관도 위에는 오가는 이들이 많았다. 그들 모두가 천검문에 용무가 있는 것은 아닐 터였지만, 적어도 반수 이상은 천검문과 크든 작든 관계가 있는 이들임이 분명했다.

봇짐장수로 분한 아랑이 끌끌끌 혀를 차며 말하자 옆에 있던 애묘가 도철의 어깨를 두드렸다.

"얘, 요즘도 집중 관리 대상이니?"

가리키는 대상을 쏙 뺀 말이었지만 알아듣지 못할 리가 없었다.

도철이 공손히 답했다.

"그렇습니다. 아무래도…… 위험한 존재니까요."

비단 요즘만이 아니었다. 십삼조가 한창 현역으로 뛰던 시절에도, 그 이전 시대에도 천검문은 늘 암룡의 감시 대상에 속했다.

"너무 강해, 너무."

아랑이 다시 한 번 혀를 찼다. 천검문은 일개 문파라 하기에는 너무 강했다. '제'를 세운 영이 도장 수준에 불과했던 무림 방파들을 지원한 것은 소수이나 무력이 강한 그들로 지방의 치안을 강화하는 한편 언제 나타날 지 모를 지방 군벌 세력을 견제하기 위해서였다.

그런데 당금 무림은 영이 처음 생각했던 것 이상으로 강해져 버렸다. 특히나 정파 최강이라 불리는 천검문이 문제였다. 정식 문도 수만 해도 일천하고도 수백에 달 했고, 검기상인의 경지에 오른 고수도 백을 넘게 헤아 렸다. 무림 고수가 가진 무력을 생각한다면, 쓰기에 따 라 수만 대군과도 필적할 힘을 일개 문파가 보유한 것 이나 마찬가지였다.

정파 최강이라는 위명, 근방 일대로부터 받는 존경, 문파 스스로가 보유한 막강한 무력.

황실이 천검문을 견제하지 않는다면 오히려 그게 이 상할 판국이었다.

애묘가 키득 웃었다.

"하지만 그 덕분에 견제도 덜 받고 있는 거잖아?"

앞뒤가 맞지 않는 말 같았지만 사실이었다. 천검문은 어설프게 건드리기에는 너무 강했다. 황실의 무림에 대한 통제가 약해진 혈랑마존의 혈겁 전후로 하여 천검문은 이전보다 두 배 이상 더 강해졌다. 문도의 수와 고수의 수 모두 혈랑마존의 혈겁 이전과 비할 바가 아니었다.

황실은 천검문을 쉬이 건드릴 수 없었다. 물론 제아무리 천검문이 강하다 할지라도 황실보다 강할 순 없었다. 황실이 수만 대군과 수백에 달할 황실 고수들을 총동원한다면 정파 최강이라는 천검문도 멸문을 피할 수 없었다. 하지만 황실 또한 수만 대군과 수백의 황실 고수들을 잃을 것이 분명했다. 그리고 더 큰 문제가 존재했다.

사황오제삼신 가운데 둘, 천검문에 적을 두고 있는 검제와 검신.

두 절대고수가 황궁에 숨어들어 황제를 암살코자 한다면 막을 수 있을 것인가.

검제와 검신은 혈랑마존이 아니었다. 광룡 대주들을 총동원한다면 아마도 막아 낼 수 있을 터였다. 하지만 황제가 아닌 다른 주요 인사들을 노린다면 어찌할 것인

가. 용왕대주를 포함한다 해도 일곱밖에 없는 광룡 대주로 황실의 모든 주요 인사들을 호위할 수는 없는 노릇이었다.

황실에게 있어 천검문은 계륵이었다.

눈에 거슬리지만 치워 버릴 수는 없는, 그런 존재였다. 때문에 애묘의 말처럼 천검문은 오히려 다른 문파들보다 더 자유로운 행보를 보일 수 있었다.

하지만 아랑이 보기에 이는 장점이 아니었다.

"모난 돌이 정 맞기 마련이지. 알잖아?"

"정을 맞든 말든 강한 만큼 유용하겠지."

천검문이야 망하든 말든 애묘는 신경 쓰지 않았다. 오직 천검문의 유용성만을 고려했다.

정파 최강이라는 것은 곧 정파의 대표라는 의미였다. 도움을 요청한 비사문에 다른 누구도 아닌 검제를 파견했을 정도로 천마회 사태를 무겁게 보고 있는 천검문이었다. 아랑과 애묘가 준비한 정보에 반드시 반응하게 되어 있었다.

"아무튼 서두르자. 얼른 일을 마친 뒤 신조와 합류해야 하니."

"그러게 말이야."

애묘는 생긋 웃으며 입술을 비틀었다. 인피면구 때문에 평범한 아낙의 얼굴이었지만, 그 눈빛만으로도 장정 여럿을 홀리고도 남을 듯했다.

아랑은 애묘의 시선을 피하며 수를 헤아렸다.

◐

신조와 청조는 남쪽으로 똑바로 내려가다 만난 야트막한 산꼭대기에 올랐다. 해가 질 무렵인지라 어둑어둑한 가운데 신조가 청조를 산중에 자리한 움막으로 이끌었다.

"정말 전국 곳곳에 이런 집이 있으신 거예요?"

청조가 약간은 황당하다는 눈으로 그리 물었다.

신조가 고개를 가로저었다.

"여긴 화전민들이 살다가 버린 곳이다. 인적이 드물어서 가끔 머물기는 좋지만, 딱 그 정도에 불과해. 관리하는 사람도 없으니 이 모양 이 꼴이지."

다시 보니 신조의 말마따나 사람의 손길이 안 닿은 티가 났다. 금방이라도 무너질 것 같은 위태로운 형상은 아니었지만, 오래 머물 곳은 못 될 듯했다.

"아무튼 오늘은 일단 여기에 여장을 풀도록 하자."

신조가 그리 말하며 거의 없는 것이나 다름없는 마루에 털썩 걸터앉았다.

마찬가지로 그 옆에 앉은 청조가 자기 얼굴을 가리켰다.

"이거 벗어도 돼요?"

얼굴에 딱 달라붙는 인피면구를 계속 쓰고 있는 건 보통 곤욕스런 일이 아니었다. 사람 가죽이 아니라 담비 가죽이라 해도 당장에 벗어 버리고 싶은 청조였다.

하지만 그렇다고 함부로 벗을 수도 없었다. 혹시라도 인피면구를 벗은 얼굴을 다른 사람이 볼까 무서운 것보다는 인피면구를 다시 착용하는 일이 어렵다는 것이 문제였다. 송진과 아교를 사용해 얼굴에 자연스럽게 부착시킨 뒤 화장 도구를 이용해 흔적을 지우는 것은 변장에 이골이 난 신조에게도 결코 쉽지만은 않은 일이었다.

하지만 신조는 선뜻 고개를 끄덕였다.

"그래. 어차피 여기서부터는 변장도 바꿀 생각이었다."

"변장을 바꿔요?"

청조가 눈을 깜박였다. 인피면구보다 더 감쪽같은 변
장이 있느냐고 묻는 것 같았다.

신조가 피식 웃었다.

"아랑 형은 준비가 철저한 편이니까."

추적이란 결국 도주하는 이의 흔적을 쫓는 작업이었
다. 때문에 추적을 피하는 방법은 크게 두 가지가 존재
했다.

하나는 흔적을 남기지 않는 것이었고, 다른 하나는
흔적에 혼선을 주는 것이었다.

그렇다면 혼선을 주는 방법에는 무엇이 있을까?

지금같이 꽤나 장기적인 상황을 바라봐야 할 때는 여
러 가지 방법을 동원할 수 있었다. 변장을 바꾼다든지,
사람을 고용해 비슷한 외양을 갖추게 한 뒤 전혀 다른
길로 보낸다든지 하는 방법 말이다.

하지만 보다 쉽고 간단한 방법이 하나 더 있었다.

바로 사람 숫자를 바꾸는 것이었다.

신조가 움막에 딸린 부엌 쪽으로 시선을 돌렸다.

"그렇지 않느냐?"

"예, 철저한 편이시죠."

화답하며 걸어 나온 사내는 청조에게도 낯이 익은 자

였다. 아랑의 제자 유성이었다.

"오랜만이다."

"보름 만이군요, 사숙."

가볍게 예를 표한 유성은 신조 쪽으로 다가섰다. 청조가 아는 체를 하자 고개를 끄덕여 응답해 준 뒤 신조의 옆에 앉았다.

신조가 물었다.

"예전부터 궁금했는데, 아랑 형은 대체 어떤 식으로 연락을 넣는 거냐?"

"저도 잘 모르겠습니다. 아직 거기까진 배우질 못해서요."

아랑의 정보망과 연락망은 기묘한 구석이 있었다. 전서구를 이용할 수 없는 상황에도 멀리 떨어진 이에게 연락을 취하곤 했으니 말이다.

"가문은 괜찮고?"

"이 정도로 무너질 유가장은 아니니까요."

아무리 광룡이라도 십삼조와 유성의 관계를 정확히는 알지 못할 것이 분명했다. 하지만 관계가 있다는 사실 하나만은 명확히 알았으니 늦든 빠르든 유가장에 손을 쓸 것이 분명했다.

신조는 유가장에 대해 더 묻지 않았다. 본인이 저리 말하는 것을 보아하니 무언가 대책을 세워 두긴 한 모양이었다. 다른 누구도 아닌 아랑 형의 제자가 아니었던가.

유성이 신조에게 말했다.

"그보다 씻으시겠습니까? 물과 큰 통을 준비해 뒀습니다만."

말하는 모양새를 보아하니 부엌 안에서 물이라도 끓여 둔 모양이었다. 신조가 목욕 얘기에 눈이 초롱초롱해진 청조의 어깨를 두드렸다.

"먼저 씻어라."

"그래도 돼요?"

청조가 자리에서 벌떡 일어서며 그리 물었다. 엉덩이를 이미 부엌 쪽으로 뺀 걸 보니 어지간히 달아오른 모양이었다.

'안 된다고 하고 싶어지네.'

그럼 어떤 표정을 지으려나.

하지만 신조는 청조를 놀리는 것을 생각만으로 그쳤다. 대신 아랑 흉내를 냈다.

"그럼 같이 씻을까?"

"빨리 씻을게요."

청조가 부엌 쪽으로 사라졌다.

유성과 둘만 남게 되자 신조가 남쪽을 돌아보며 물었다.

"아직 찾아보진 못했지?"

"저도 두 시진 전쯤에나 겨우 도착했습니다."

요호가 마지막으로 머물렀다는 영월 부근에 위치한 작은 고을.

숨을 길게 내쉰 유성이 첨언했다.

"저도 그다지 오랫동안 함께하진 않을 겁니다. 하산한 이후 백룡강에선 다른 길을 가야 할 것 같습니다."

"네 녀석도 숨는 건가?"

"숨기도 하고, 일도 해야겠죠."

유성은 아랑의 제자였다. 이미 이 일에서 발을 뺄 수 있는 처지가 아니었다. 신조는 새삼 다시 유성을 보았다. 몇 번인가 입술을 달싹거린 끝에 물었다.

"아랑 형에게 받았나?"

밑도 끝도 없는 물음이었다. 하지만 일부러 그렇게 물었다. 긍정이든 부정이든 대답할 수 있다면 유성이야말로 아랑의 후계자가 분명했다.

유성은 신조의 시선을 마주했다.

"아직입니다."

"그래, 아직이구나."

신조는 무어라 더 말을 이으려 했다. 하지만 부엌문을 열고 청조가 모습을 드러낸 탓에 목구멍까지 올라왔던 말을 다시 삼켰다. 어쩐지 모르게 얼굴이 발갛게 달아오른 청조를 보며 물었다.

"왜 얼굴만 씻고 나오냐?"

"물이 너무 차서요."

청조가 우물우물 답하자 신조는 유성 쪽으로 눈동자를 굴렸다. 물도 안 끓여 놓고 뭐 했냐는 눈빛에 아랑이 답했다.

"언제 오실지 모르는데 물을 계속 끓였다간 수증기가 돼서 다 날아가지 않습니까."

틀린 말은 아니었지만 신조는 유성의 머리를 한 대 쥐어박은 뒤 청조를 데리고 부엌으로 들어갔다. 아궁이 하나 있는 것 외에는 부엌이라고 하기도 뭐한 공간에 커다란 나무통 하나가 덩그러니 놓여 있었다. 안에는 찬물이 가득했다.

신조는 팔을 걷어붙인 뒤 탕 속에 팔을 담갔다. 기를

방출하며 팔을 휙휙 휘젓자 오래지 않아 뜨거워진 물에서 김이 모락모락 나기 시작했다.

청조가 감탄했다.

"와…… 고수는 참 편리하네요."

"딴 놈한테는 그런 소리하지 마라. 잘못하면 칼 맞는다."

이틀 만에 인피면구에서 해방된 청조의 뺨을 조금 아프게 꼬집어 준 신조는 부엌 밖으로 나왔다. 비단옷 대신에 평범한 옷차림을 한 유성이 어째 아랑과 닮은 미소를 그리며 물었다.

"정말로 제자 삼으신 겁니까?"

"아랑 형이 그러든?"

"예. 색시 삼으라고 구해 놨더니 엉뚱하게 제자 키우고 있다고 일장설을 늘어놓으시더군요."

신조는 질렸다는 듯이 고개를 내저으며 말을 받았다.

"정말이지 어떤 식으로 연락을 주고받는지 의문이군. 설마 서신으로 구구절절이 그런 내용을 적은 건가?"

"스승님을 아시잖습니까."

더는 할 말도 없었다. 신조가 물었다.

"출발은 언제지?"

"새벽입니다. 한숨 주무시죠."

"씻고 나오면 나도 씻어야겠군."

신조는 다시 유성 옆에 털썩하고 앉았다. 부엌 쪽에서 귓가를 간질이듯 들려오는 물소리를 들으며 눈을 감았다.

"너희가 배운 것을 공유하지 마라. 어떤 것을 배웠다고 대강 이야기하는 것은 되지만, 요체를 전하는 것은 안 돼. 모두 너희를 위한 것이다. 너희 중 누구도 내 가르침을 둘 이상 감당할 수 없을 거다."

근 오십 년 전, 스승님은 그렇게 말씀하셨다.

스승님이 십삼조 각자에게 전수하신 일곱 개의 절기.

절기의 전수가 모두 끝났을 때 스승님께 받은 물건이 있었다.

절기의 요체를 담은 일곱 개의 '증표'.

십삼조 각자마다 받은 증표가 달랐다. 십삼조끼리도 서로 어떤 증표를 받았는지 알지 못했다.

신조는 자신의 증표를 떠올렸다.

그 물건. 무공의 요체가 담겨 있을 거라고는 짐작하

기 힘든 그것.

언젠가는 청조에게 물려주어야 하는 것일까? 아니, 그전에 청조가 과연 신조 자신의 제자이긴 한 것일까?

청조에게 무공을 전수한 것은 충동적인 일이었다. 미안한 마음 때문이었을까, 아니면 죽기 전에 전인을 만들어야 한다는 발상 때문이었을까?

신조는 다시 생각을 돌렸다. 머릿속에 떠오른 청조의 환한 미소를 지우고 다른 것을 생각했다.

절기(絶技) 불사신조(不死神鳥).

전수받은 것은 사십 년이 넘었지만 제대로 사용할 수 있게 된 것은 요 근래에 와서였다. 그나마도 사용해 본 것은 연습을 포함한다 해도 열 번이 채 되지 못했다.

당연히 숙련도가 낮았다. 본래 받았던 가르침보다 비효율적으로 절기를 운용하고 있다는 생각이 머릿속을 떠나지 않았다.

불사신조를 사용한 실전은 세 번.

그 가운데 두 번은 적룡과 황룡과의 혈전이었다.

광룡 대주인 둘은 강했다. 반로환동과 환골탈태를 이루기 전의 신조였다면 동귀어진조차 힘든 상대들이었다.

결과만 놓고 보자면 두 싸움 모두 이겼다. 죽은 것은 적룡과 황룡이었고, 살아남은 것은 신조 자신이었다. 하지만 둘 모두 일대일 대결이 아니었다.

적룡과의 싸움에서는 아랑의 원조가 있었고, 황룡과의 싸움에서는 애묘의 도움이 있었다.

신조는 스스로를 정통파 무인이라 생각하지 않았다. 정정당당한 대결을 하지 못했다는 사실에 괴로워하는 이들과는 생각 자체가 달랐다.

'어떻게든 적을 죽이면 된다.'

그것이 신조의 생각이었다. 수단과 방법을 가리지 않고 적을 죽이고 살아남으면 그것이 바로 승리였다.

하지만 그럼에도 불구하고 이번에는 고심할 수밖에 없었다.

'완전한 상태의 황룡과 일대일로 겨루었다면 과연 이길 수 있었을 것인가.'

스스로의 물음에 긍정적인 대답을 할 수 없었다.

용왕대주까지 포함한다면 광룡 대주는 아직도 다섯이나 남아 있었다. 더욱이 적룡과 황룡이 죽은 마당에 남은 대주들이 지금까지처럼 홀로 모습을 드러낼 리도 없었다.

앞으로의 싸움은 수적으로 불리한 위치에 놓일 가능성이 컸다. 그리고 그렇기에 최소한 광룡 대주를 홀로 쓰러트릴 수 있는 무력을 갖출 필요가 있었다.

'절기 불사신조…….'

절기 불사신조는 총 세 가지의 '식'으로 구성되어 있었다.

일식(一式), 홍염(紅焰).

이식(二式), 신생(新生).

삼식(三式), 신조(神鳥).

신조가 현재 사용할 수 있는 것은 일식뿐이었다. 이식과 삼식을 사용하기에는 아직 성취와 내력이 부족했다.

일식 홍염을 사용한 이후 신조의 몸에는 큰 변화가 생겼다. 한계에 도달했다고 생각한 무공이 다시금 진일보했다. 내력 또한 이전보다 배는 빨리 쌓을 수 있게 되었다.

'그리고 가루라…….'

용을 잡아먹고 사는 전설의 신조.

신조가 가진 최강의 기술인 가루라는 세 개의 식과 연동되는 절초였다. 스승님의 가르침대로라면 한 단계

위의 식을 사용할 때마다 가루라 역시 진화하게 되어
있었다.

"극성까지 익힌다면 상대가 설사 신이라 해도 죽일 수 있
을 거다. 이 기술은 지상에 강림한 폭뢰(爆雷)의 용을……
뇌신(雷神)을 쓰러트리기 위해 만든 것이니까."

스승님을 쓰러트렸다는 번개의 용. 무림사에 이름조
차 남기지 않은 초절정고수.
스승님은 그를 폭뢰의 용 혹은 뇌신이라 즐겨 칭하셨
다.
신살(神殺)의 절기(絕技). 거기까지는 바라지 않았
다. 용을 자처하는 인간을 쓰러트릴 수 있다면 그것으
로 충분했다.
신조는 눈을 떴다. 묵상에서 깨어났다.

◓

아침 일찍 하산한 신조 일행은 가도로 진입했다. 인
근에 서쪽 땅 운송의 핵심인 백룡강이 위치해서인지 사

람도 많고 건물도 많았다.

"어째 불편해."

신조가 문득 투덜거렸다. 신조는 비단으로 만든 무복을 입고 허리에는 호피로 만든 요대와 그럴싸한 보검을 찼다. 기름을 발라 곱게 빗은 머리 위에 영웅건까지 떡하니 쓴 것이, 영락없는 명문정파의 귀공자였다.

옆에서 나란히 걷던 청조가 까르르 웃었다.

"귀공자로 변장하신 적은 없으세요? 잘 어울리시는데요?"

"맞습니다. 익숙해지셔야죠."

청조에 이어 유성까지 고개를 끄덕이며 그리 말했다. 두 사람 모두 신조와 마찬가지로 그럴싸하게 차려입은 모양새가 보기 좋았다.

유성이야 본래부터가 남쪽 땅의 명가인 유가장에서 나고 자란 귀공자였으니 딱히 변장을 할 것도 없었다. 청조는 무림의 여협들처럼 색이 고운 무복을 입고 낭창낭창 가느다란 허리에 세검을 하나 찼는데, 어째 무인이라기보다는 가희처럼 보였다.

두 사람을 번갈아 쳐다본 신조는 유성을 째려보며 말했다.

"네가 지금 나 가르치냐?"

"하하, 그럴 리가요."

젊은 시절에 얼굴이 상한 이후로 변장의 폭을 무척이나 좁혔던 신조다. 능청스럽게 웃는 유성에게 짐짓 으르렁거린 뒤 청조 쪽을 보았다.

"너도 검 좀 그만 만지작거려라. 검 처음 차 보냐?"

"네, 처음 차 봐요."

청조가 고개를 끄덕이며 재차 검 손잡이를 어루만지자 잠시 멍해 있던 신조는 저도 모르게 손바닥으로 이마를 짚었다.

유성이 옆에서 끼어들었다.

"촐싹거리는 모양새가 강호 초출 애송이로 보이고 좋지 않습니까. 자연스런 위장입니다."

"그래, 그런가 보다."

휘휘 고개를 내저은 신조는 약간은 바보처럼 헤헤 웃는 청조의 뺨을 꼬집어 준 뒤 유성에게 물었다.

"우리는 그냥 도하할 건데, 넌 어디로 가는 거냐?"

"아무래도 강을 따라 내려갈 것 같습니다."

"남쪽에 사파 말고 뭐가 있다고."

서쪽 땅은 백룡강을 중심으로 하여 강북은 정파가,

강남은 사파가 영향력을 행사하고 있었다. 혈랑마존의 혈겁 이후 정사지간의 다툼이 거의 사라졌다고는 하나 그래도 정은 정이요, 사는 사였다.

유성이 부드럽게 답했다.

"그래서 더 눈을 피하기 좋죠. 일월문에서 해결할 일도 하나 있고요."

서쪽 땅 강남에는 사파칠주 가운데 두 개 문파가 자리하고 있었다. 그중 일월문은 흔히들 마교라 부르는 일월성교에서 분리된 문파로, 중원제일의 술사라 꼽히는 '사황(邪皇)'을 매번 배출해 온 술사들의 문파였다.

신조는 유성이 일월문에 무슨 용무가 있는지는 묻지 않았다. 대신 다른 것을 물었다.

"천마회에 대해서 알아낸 것은 없나?

"비사문 부근의 중소 문파 셋을 친 이후에는 아직 이렇다 할 활동을 보이고 있지 않습니다. 다만……."

말끝을 흐린 유성은 잠시 오가는 이들을 살폈다. 약간은 소리 죽여 말했다.

"천검문을 비롯한 주요 문파들이 이 사건을 심상치 않게 보고 있는 것 같습니다. 이름뿐인 무림맹이 어쩌면 이번 일로 힘을 가지게 될지도 모르지요."

무림맹이 처음 성립된 것은 혈랑마존의 혈겁 직후의 일이었다. 무림을 대표하는 초절정고수들인 사황오제삼신 가운데 검신 용화성을 제외한 전원이 목숨을 잃었을 정도로 혈랑마존의 혈겁이 무림에 남긴 피해는 컸다. 그러한 상황에서 정사간의 싸움을 막고, 양측의 의견을 조율하기 위해 만든 것이 바로 무림맹이었다.

하지만 애당초 건립 목적이 목적이다 보니 무림맹은 이름만 그럴싸한, 실권이 없는 기관이었다. 혈랑마존의 혈겁 이후 백 년이 지난 지금도 그 명분 때문에 이름은 유지하고 있었지만, 일 년에 한 번씩 정사세외의 고수들을 초빙해 치르는 영웅대회 이외에는 딱히 하는 일도 없었다.

그런데 그런 무림맹이 천마회 사건을 계기로 힘을 갖는다?

"너무 앞서 나간 것 아닌가?"

"어디까지나 가능성 이야기입니다. 듣기로는 권신(拳神)이 이번 천마회 난립에 크게 진노했답니다."

"권신이……?"

사황오제삼신 가운데 당대의 삼신(三神)은 검신(劍神), 권신(拳神), 도신(刀神), 이렇게 셋이었다. 그중 권신은 사황오제삼신의 자리에 오르기 전, 무림 초출 시절부터 악을 미워하고 선을 추구하는 호탕한 열혈남 아로 이름이 높던 자였다.

권신 혁린은 당대의 무림맹주였으니, 비록 유명무실한 무림맹이라 하나 천마회 사건에 앞장서서 나설 명분은 있는 셈이었다.

유성이 첨언했다.

"아시겠지만, 권신은 성격이 불같기로 유명하니까요. 저 객잔에서 식사를 하도록 하죠."

갑자기 다른 화제로 이야기를 맺은 유성은 이층 규모의 객잔을 향해 성큼성큼 걸었고, 청조와 신조는 한 박자 늦게 그런 유성의 뒤통수를 쳐다보았다.

"너, 아랑 형 제자가 맞구나."

"새삼스럽군요."

점소이의 안내를 받은 일행은 비싼 티가 잘잘 흐르는 옷 덕분인지 제법 좋은 자리를 배정받았다. 전광석화처럼 쏟아져 나온 음식 더미를 보며 신조가 소리 죽여 물었다.

"그래, 아무튼 권신이 노발대발하고 있다는 거지?"

"천마회 공격이 단발성으로 끝날 리가 없으니까요. 아직 구체적인 행동을 보이고 있진 않지만…… 조만간 영웅대회를 열 것 같다는 평이 지배적입니다."

영웅대회라는 말에 만두를 오물오물 씹어 먹던 청조가 눈을 빛냈다.

반면, 신조는 인상을 찌푸렸다.

"영웅첩 돌리고 자시고 하면 시간이 꽤나 걸리지 않으려나?"

영웅대회란 무림맹에서 일 년, 혹은 이 년에 한 번씩 여는 친선 비무대회를 의미했다. 정사새외를 가리지 않고 '유력한' 인사들을 초대했기에 영웅첩을 받느냐 받지 못하느냐에 따라 세간의 평이 뒤바뀔 정도였다.

유성이 고개를 끄덕였다.

"아무래도 그렇죠. 그리고 사실 무림맹이 있는 중앙에 무림 명숙들을 모아서 의논하고 자시고 하면 몇 달은 족히 잡아먹을 겁니다. 헛짓거리죠."

'제'는 넓었다. 사안이 급하니 새외를 제하고 정사 간에만 영웅첩을 뿌린다 해도 그 답장을 기다리는 데만 족히 한 달은 걸릴 것이 분명했다.

이런 마당이니 무림 명숙들이 모이는 데 다시 두어

달, 회담을 나누고 그에 따라 행동을 취하는 데 다시 두어 달. 대처에 걸리는 시간이 너무 기니 유성 말마따나 헛짓거리에 불과했다.

"때문에 서쪽 땅 무인들은 천검문에 기대를 걸고 있습니다. 정파 최강이니 뭐라도 해 주지 않을까 하는 거죠. 실제로 검제가 움직이고 있고요. 더불어 북벌을 위한 원정군 준비가 슬슬 시작되려는 모양입니다."

이번에도 급작스런 화제 전환이었다.

신조가 다시 물었다.

"대주들의 죽음은 아직도 공표되지 않은 건가?"

이번 북벌은 광룡이 참가하기로 되어 있었다. 그런 광룡의 대주들 가운데 둘이 비명횡사했으니 크든 작든 북벌에 차질이 있을 것이 분명했다.

유성은 쓰게 웃었다.

"모르죠. 스승님의 정보망도 '거리'까지 극복할 정도는 안 되는 것 같습니다."

서쪽 땅 중앙부에 다다른 지금, 황실이 있는 중앙까지는 백룡강의 뱃길을 이용해도 거진 열흘에 가까운 시간이 걸릴 터였다. 제아무리 대단한 아랑의 정보망이라 해도 물리적인 제약까지 극복할 수는 없었다.

신조와 유성은 더 이상 사안에 대해 논하지 않았다. 그저 음식을 먹으며 잡담을 나누었다. 생기발랄한 얼굴로 웃으며 식사를 하는 모양새가 누가 봐도 강호에 나온 지 얼마 되지 않은 신출내기들처럼 보였다.

"그럼 전 다음에 다시 뵙겠습니다."

식사를 마친 뒤 나루에 도착한 유성이 이별을 고했다.

신조는 유성의 어깨를 두드려 주었다.

"어디 가서 죽지 마라. 복상사랑 눈먼 칼 특히 조심하고."

"다음에 뵐게요."

청조는 담백한 인사에 화사한 미소를 곁들였다.

신조에게는 목례로, 청조에게는 눈짓으로 인사한 유성은 배 위에 올랐다.

미련 없이 돌아선 신조는 이번엔 청조의 어깨를 두드렸다.

"우리도 가자. 일단 강은 건너야 하니까."

백룡강은 바다를 모르는 이가 보면 바다라 믿을 정도로 크고 긴 강이었다. '조'의 시대에도, '제'의 시대에도 백룡강을 가로지르는 다리를 만들 생각을 머릿속에 담은 자는 없었다. 도하만을 전문으로 하는 배에 올라 강을 건넌 직후 신조는 청조를 끌고 서쪽으로 향했다.

"어? 이쪽이 아니라 저쪽으로요?"

영월은 나루를 기준으로 남동쪽에 위치한 도시였다. 신조가 낮게 말했다.

"흔적을 흐트러트려야 하니까."

인피면구를 쓰고, 둘에서 셋이 되고, 다시 둘이 되었다가 강까지 건넜지만, 이것만으로는 부족했다. 반 시진가량 걸어 비교적 인적 드문 숲까지 향한 신조는 청조에게 등을 내밀었다.

"왜요?"

"업혀라."

신조 등이라면 이미 몇 번이고 업혀 본 청조였지만, 이번에는 망설였다. 부끄러워서가 아니었다.

"저도 경공 써 보면 안 돼요?"

"지금 우리가 놀러 다니는 줄 아냐. 실습은 나중에 해. 당장은 서두르는 게 우선이다."

청조는 입술을 삐쭉였지만, 잠깐뿐이었다. 좁은 안가에서 시늉만 해 본 경공을 직접 펼쳐 보고 싶은 마음은 굴뚝같았지만, 신조 말대로 때와 상황을 가려야 했으니 말이다.

신조는 청조를 단단히 업었고, 청조는 그런 신조의 목에 두 손을 두르고 꽉 매달렸다. 자연히 청조의 가슴이 신조의 등에 닿고, 신조의 손이 청조의 허벅지에 닿았지만, 둘 모두 그런 것을 신경 쓰지 않았다.

신조가 달렸다. 바람을 앞섰다.

"목적지에 도착하면 바로 수탐을 시작하는 거예요?"

속도에 질린 듯 눈을 꽉 감고 청조가 물었다.

신조는 지면을 박찼다. 날듯이 달리며 물음에 답했다.

"일단은, 기다려야겠지."

☯

녹룡은 중앙으로 향하는 배 위에 있었다. 바람은 선선했고 선원들도 능숙했기에 배는 빠르면서도 평온했다.

내상뿐만 아니라 외상도 심한 녹룡이었기에 침상에 누워 운기조식을 행하는 것 외엔 할 수 있는 것이 없었다. 한바탕 기를 순환시킨 녹룡은 눈을 떴다. 예상 밖의 인물이 눈앞에 서 있었다.

"몸은 이제 좀 괜찮나?"

광룡 여섯 대주 가운데 하나인 청룡이었다. 나이를 알 수 없는 흑룡을 제한다면 여섯 대주 가운데 가장 어린 그였지만, 대주들 사이에는 나이의 고하가 없는 법이었다.

녹룡은 얼음장처럼 차가운 청룡의 얼굴을 보며 쓰게 웃었다.

"네가 날 찾아오다니, 별일이군."

더욱이 지금 있는 곳은 황실도, 중앙도 아니었다. 중앙으로 향하는 배 안이었다. 평소 왕래가 없는 청룡이 서둘러 찾아온 데에는 분명 이유가 있을 터였다.

녹룡은 청룡을 싫어하진 않았지만 그렇다고 좋아하지도 않았다. 무인이 술사에게 가지는 생리적인 거부감에 가까웠다.

청룡이 나직이 물었다.

"봐도 되나?"

앞뒤 없는 물음이었지만 녹룡은 이해했다. 그가 청룡을 꺼리는 이유 중에 하나였기에 평소라면 거절했을 터지만, 지금은 아니었다. 고개를 끄덕였다.

"봐라."

청룡은 침상 머리맡에서 자세를 낮췄다. 눈을 꽉 감은 녹룡의 이마 위에 손바닥을 올렸다.

청룡 역시 눈을 감고 주문을 읊조렸다. 청룡의 손끝에서 일어난 하얀 기운이 녹룡의 머리를 휘감았다.

타인의 기억을 엿보는 술법이었다. 상대방이 저항하지 않고 술법을 받아들여야 하는데다가 그렇게 얻을 수 있는 정보도 제한적이었지만, 말로 설명하는 것과는 비교조차 할 수 없는 정확한 정보를 전달할 수 있는 수단이었다.

청룡이 눈을 떴다. 손을 거두며 숨을 한차례 골랐다.

"놀랍군."

신조는 정말로 반로환동과 환골탈태를 이루었다. 더욱이 그 무위가 상상한 것 이상이었다.

청룡은 녹룡에게 물었다.

"중독되지 않았다면 어떻게 되었을 것 같나?"

"정당한 싸움이었다면 황룡이 이겼을 거다."

녹룡이 즉답했다. 하지만 스스로도 부질없는 소리임을 알았다.

십삼조는 암부였다. 적을 죽이는 데 정당함을 따지지 않는 무리였다.

청룡은 내외상을 고루 입어 쇠약해진 녹룡을 보았다. 중독되지 않았더라도 녹룡은 신조를 압도하지 못할 것이 분명했다. 여섯 대주 가운데 가장 강한 백룡이 아니라면 신조와 싸워 승리를 장담할 수 있는 이가 없을 터였다.

뇌호와 맹저를 제압했지만 신조가 저리된 이상 생각보다 긴 사냥이 될 것 같았다.

"녹룡, 묻고 싶은 것이 있어서 왔다."

"기억을 보는 것 외에도 말인가?"

"내가 묻고자 하는 것은 훨씬 먼 과거의 이야기이다."

청룡은 침상 주위에 놓여 있던 의자에 앉았다. 맹저를 살해한 날 이후 머릿속을 떠나지 않은 말 한마디를 어떻게든 걷어 내고자 입을 열었다.

"십삼조의 스승에 대해 알고 싶다."

같은 시각. 서로의 시선을 교환하는 대주는 녹룡과 청룡만이 아니었다. 광룡 여섯 대주를 아우르는 용왕대주는 쓰게 웃었다.

"신조가 예상보다 속을 썩이는군."

용왕대주는 신조보다 나이가 많았다. 그는 신조를 비롯한 십삼조의 어리고 젊던 시절의 모습을 모두 기억했다. 암룡의 수장인 암왕처럼 그들 개개인에게 관심과 애정이 있어서가 아니었다.

십삼조는 '그 남자'의 제자들이었다. '그 남자'의 무공을 이은 유일한 전인들이었다. 어찌 관심을 갖지 않을 수 있겠는가.

용왕대주가 기억하는 신조는 결함이 많았다. 그는 천생 막내였다. 살수나 다름없는 암부인 주제에 정이 너무 많았다. 임무 수행을 위해서라면 무고한 이라도 베어 넘겨야 하는 것이 암룡이거늘, 신조는 그러지 못했다.

더욱이 그는 답답하고 한심한 자였다. 얼굴이 망가진 것에 낙담해 스스로가 만든 자괴감의 감옥에 틀어박혀 평생을 보낸 모자란 인간이었다.

용왕대주는 늘 신조를 낮게 보았다. 하지만 단 두 가지 인정하는 것이 있었다.

바로 경공과 살인 기능이었다.

신조의 경공은 암룡과 광룡을 통틀어 최고였다. 용왕 대주 자신도 경공에서만큼은 신조에게 앞자리를 내줄 수밖에 없었다.

그리고 살인 기능.

'그 남자'가 눈여겨 본 신조의 재능은 아마도 그것 이리라. 신조는 자신보다 강한 자라도 어떻게든 죽이는 자였다. 죽이는 방법을 찾아내는 자였다. 십삼조의 임무 수행 기록을 보면 신조 손에 죽은 이들 가운데 반수 이상이 신조보다 무공이 고강한 이들이었음 알 수 있었다.

그런 신조가 이제 반로환동과 환골탈태를 이뤘다. 적룡과 황룡을 죽였다.

백룡이 나직이 말했다.

"뇌호와 맹저가 없다 해도 애묘와 아랑, 신조, 이렇게 셋이 뭉쳐 있으니 만만치 않을 것입니다."

"그래, 녹룡이 괜한 짓을 했어."

신조와 애묘를 격분시키기 위해 맹저의 머리를 사용한 것은 좋지 못했다. 격분만 시켜 놓고 죽이지 못했으니 십삼조의 독기만 돋아 준 꼴이었다.

백룡이 물었다.

"일은 어찌 진행하실 생각이십니까?"

"십삼조는 암룡에게 맡기고, 우린 우리 일을 진행시킨다."

"천룡께서 노하시진 않겠습니까?"

용왕대주는 입술을 비틀어 웃었다. 고개를 가로저었다.

"그런 일이 없게 해야지."

광룡의 진정한 주인께서 진노하신다면 그 화가 미치지 않을 곳이 없을 테니까.

용왕대주는 턱을 따라 곧게 자란 수염을 쓰다듬었다. 눈을 가늘게 떴다.

"나는 말이야, 가끔씩 궁금해. 작금의 사황오제삼신은 얼마나 강한 것일까? 우리 대주들은 소문처럼 과연 그들과 비등한 무위를 갖추었는가."

사황오제삼신과 여섯 대주가 비무를 펼친 적은 없었다. 생사결의 싸움은 상상도 할 수 없었다. 그 둘이 어깨를 나란히 한다는 것은 그저 소문 좋아하는 호사가들의 평에 불과했다.

똑같이 오행을 부리고 검강을 쓴다 하여 어찌 강하고 약함까지 같겠는가. 그런 식의 논리라면 검을 가진 모든 이들은 다들 동등한 무위를 가졌다 해도 아주 틀린 말은 아닐 터였다.

그저 짐작뿐이었다. 그런데 그 짐작이란 녀석도 제대로 되지 못했다. 당금 사황오제삼신의 전력을 본 이가 세상에 몇이나 된단 말인가. 당장에 용왕대주 자신도 사황오제삼신 가운데 반수인 여섯을 만나 보았을 뿐이고, 그들 가운데 전력을 다하는 모습을 본 것은 겨우 둘뿐이었다.

사황오제삼신, 무림의 열두 지존.

용왕대주는 머리를 흔들었다. 다른 것을 입에 담았다.

"경지에 오른 고수, '초인'을 상대하는 방법은 두 가지지. 하나, 마찬가지로 초인을 내보내 겨루게 한다. 둘, 수많은 범인들의 목숨으로 초인을 집어삼킨다."

"여전히 암룡에 일임하시려는 겁니까?"

"그런 부나방 짓이라면 그들이 전문이니까. 더욱이 암룡 또한 언젠가는 치워 버려야 할 녀석들이니 힘을 소진시키기에도 좋겠지."

"하오나……."

암룡이 과연 십삼조를 제압할 수 있을 것인가. 적룡

과 황룡을 쓰러트린 신조를 단순한 양으로 쓰러트릴 수
있을 것인가.

"흑룡 또한 지켜볼 것이다. 천마회의 마인들 역시 동
원할 수 있지. 수배령이 내렸으니 관병들도 십삼조를
잡는 데 협력할 것이다."

용왕대주의 태도는 단호했다. 백룡은 용왕대주의 속
내를 읽을 수 있었다. 적룡과 황룡을 예기치 않게 잃은
만큼 더 이상 십삼조를 잡는 데 광룡의 힘을 소진하고
싶지 않은 것이었다.

녹룡은 더 이상 토를 달지 않았다. 뇌호나 맹저를 잡
았을 때처럼 크게 준비해야 한다는 이야기도 하지 않았
다. 그저 고개를 숙여 예를 표했다.

"분부 받들겠습니다."

백룡은 돌아서서 용왕대주의 곁을 떠났다.

홀로 남은 용왕대주는 밤하늘을 노려보았다.

제5막

조우

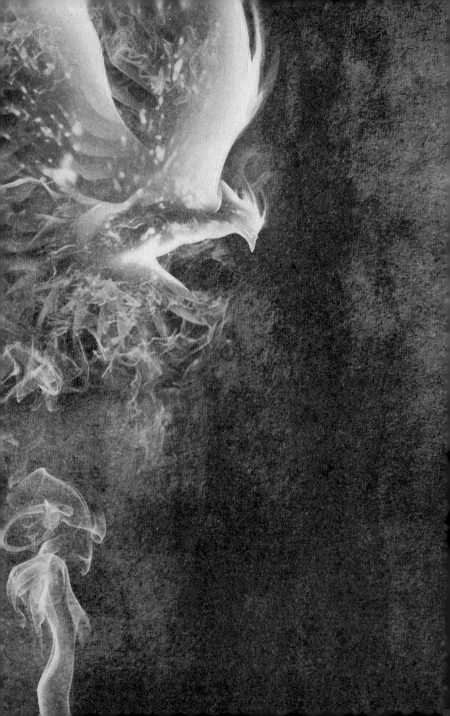

스승님은 그 옛날에 이미 이 모든 일들을 예상하셨던 걸까?

아닐 거야. 아닐 거라 믿고 싶어.

— 신조

●

경지에 오른 고수도 수련을 한다.

상승의 경지에 오를수록 깨달음과 내공 성취에 집중하기 마련이었지만, 그렇다 할지라도 육신의 수행을 완전히 버릴 수는 없었다.

달과 별이 밝은 밤하늘 아래 선 신조는 아주 천천히 팔과 다리를 움직였다. 적을 치는 동작이었다.

의식적으로 느리게, 하지만 정확하게 최적의 투로를 따른다.

신조는 같은 동작을 몇 번이나 반복했다. 그리고 딱 한 번, 자신이 펼칠 수 있는 최고 속도로 동작을 취했다.

바람이 갈라지는 소리가 났다. 눈으로 쫓기 힘들 정도의 빠르기였다.

신조는 동작을 바꾸었다. 그리고 그렇게 총 열세 개의 동작을 점검한 뒤에야 수련을 마쳤다.

턱을 괴고 앉아 신조가 하는 모양새를 구경하던 청조가 말했다.

"어르신 같은 고수도 수련을 하시긴 하는군요."

"다 하지. 그럼 설마 수련도 안 하겠냐? 이것도 결국엔 기예라 안 하면 녹슬어."

모닥불이 타닥타닥 타들어 갔다. 불까지 피워 가며 노숙을 하면 지울 수 없는 흔적을 남기기 마련이었지만, 마음 쓰지 않았다. 서쪽으로 향하는 것처럼 적을 속이기 위한 장치 중에 하나였으니 말이다.

청조가 피식 웃었다.

"요리랑 똑같네요?"

"똑같지. 그것도 결국 칼질하는 일 아니냐."

신조는 평소처럼 행동했다. 맹저의 죽음을 듣기 전처럼, 광룡과 암룡 모두에게 쫓기게 되었다는 사실을 몰랐을 때처럼.

"그런데 왜 안 한다고 생각한 거냐?"

"하는 모습들을 못 봐서요. 고수라 하긴 뭐하지만, 당장에 삼촌만 해도 수련 한 번 안 하던걸요."

황금충 정도면 하오문에서는 고수가 맞았다. 신조는 손발을 풀며 답했다.

"보통은 숨어서들 하지. 초식 같은 게 파훼되면 큰일이니까 말이야. 비전같이 중요한 것을 훔쳐 배우는 놈이 나올 수도 있고."

문파의 힘을 결정하는 것은 결국 무공이었다. 얼마나 고강한 무공이 있는가, 얼마나 강력한 무인을 보유하고 있는가.

상승의 무공은 심결을 모르면 제대로 익힐 수 없기에 그나마 걱정을 덜할 수 있었지만, 무공의 파훼 쪽은 문

제가 심각했다. 때문에 어느 문파든 외인에게는 기본공
조차 공개하지 않는 법이었고, 문파 내에서도 상승의
무공은 전승자들에게만 공개하기 마련이었다. 자연히
수련도 '숨어서' 할 수밖에 없었다.

청조가 고개를 살짝 옆으로 기울였다.

"그럼 어르신은 숨지 않아도 돼요?"

"누가 본다고."

"제가 보잖아요."

신조는 무척이나 느린 속도로 몇 번이나 같은 동작을
반복했다. 청조 정도의 눈썰미라면 동작을 외우는 건
일도 아니었다.

신조가 피식 웃었다.

"넌 당연히 봐도 되지. 너도 할 줄 알아야 하는 거니
까."

청조가 멍한 얼굴로 눈을 깜박이더니 자리에서 벌떡
일어섰다. 여태까지 신조는 청조에게 내공심법과 경공
만을 전수했다. 그런데 지금 본격적인 무공을 전수하겠
다고 말한 것이었다.

얼른 두 손을 이마에 올리는 청조를 신조가 손바닥을
뻗어 제지했다.

"구배지례는 됐고."

"왜요?"

"낯간지럽다. 그리고 당장 가르칠 것도 아니야. 넌 지금 네 내력을 제대로 감당하지 못하는 처지니 그것부터 다스릴 줄 알아야 한다."

"갈 길이 머네요."

"멀지. 아주 구만 리야."

신조는 모닥불 근처에 자리를 잡고 앉았다.

청조 역시 쪼그려 앉았다.

"이틀 정도 소진해서 빙 둘러 갈 거다. 아랑 형과 합류한 뒤에나 수탐을 시작할 테니까."

"먼저 찾지 않으시는 거예요?"

옆에서 한두 마디 주워들은 것이 다였지만, 신조가 요호를 얼마나 소중히 여기는지 잘 아는 청조였다.

신조가 고개를 가로저었다.

"뒤에서 쫓아오는 놈들도 있는 마당에 어설프게 먼저 들쑤시면 혼란만 생길 뿐이니까. 어느 정도 조사는 하겠지만 말이야."

신조는 자리에 누웠다. 모포로 몸을 감싸며 말했다.

"너도 이만 자라. 내일 새벽에 다시 길을 나서야 하니."

청조는 그런 신조를 물끄러미 바라보더니 신조와 같은 방향으로 머리를 두고 누웠다. 사람 둘 정도가 더 들어갈 거리에 누운 신조에게 인사하며 눈을 감았다.

"안녕히 주무세요."

신조는 곁눈질로 그런 청조를 보았다. 자신 쪽으로 돌아누운 이유에 의미를 부여하는 대신 마찬가지로 눈을 감았다.

"잘 자라."

모닥불이 타닥타닥 소리를 내며 타들어 갔다. 밤이 깊었다.

☯

광룡에 여섯 대주가 있듯이, 암룡에는 암룡을 떠받치는 두 개의 기둥이 존재했다.

암영(暗影)과 암화(暗花).

암왕(暗王)을 보필하는 두 사람이었다.

암영은 암룡에서 태어나고 자랐다. 십삼조와 거의 동시대의 인물이라 해도 과언이 아니었다. 전대 암영의 모든 것을 이어받은 그는 암룡제일의 '살수'인 동시에 탁월한 훈육자였다.

암영은 이름처럼 늘 검은 옷을 입었다. 얼굴 역시 검은 면사로 가려 드러내지 않았다.

"암왕께선 무어라 하시지?"

마르고 키가 큰 암영의 목소리에는 개성이 없었다. 여러 번 들어도 기억하기 힘든, 그런 목소리였다. 암왕이 머무는 암왕전 입구에 선 암화는 계단 아래 암영을 무심한 눈으로 바라보았다.

"암왕께서 십삼조의 이반에 무척이나 진노하셨어요. 이번엔 귀공이 직접 나서야 할 거예요."

암화는 암영과 달리 검은 옷을 입지 않았다. 그녀가 입은 것은 피를 연상시키는 검붉은 옷이었다.

암영은 삼대에 걸친 암화들을 보아 왔지만, 당대의 암화가 제일 마음에 들지 않았다. 으르렁거림을 억누르며 말했다.

"내가 직접 암왕을 뵈어야겠다."

"당신은 암왕을 뵐 수 없어요."

"난 네년을 믿지 못해."

독기 어린 말이 쏟아지듯 튀어나왔다. 평소 감정을 억누르고 다니는 암영으로서는 보기 드문 반응이었다.

그리고 그것은 그만큼 암영이 크게 분노하고 있다는 뜻이기도 하였다. 하지만 암화의 나이를 알 수 없는 고운 얼굴엔 희미한 미소가 그려졌다.

"하면 이 패가 가짜란 말인가요?"

암화가 품에서 꺼낸 것은 암왕의 전권을 대행하는 이가 소지한다는 암왕패였다.

암영은 입술을 깨물었다.

암화가 이어 말했다.

"신조를 마지막까지 관리했던 것은 당신이에요. 당신이 책임지는 것이 무에 그리 이상하죠?"

틀린 말은 아니었다. 아니, 오히려 이치에 맞는 말이었다. 애당초 이만한 일이면 암영이 나서는 것이 맞았다.

"십삼조를 제거할 수만 있다면 암룡의 힘을 총동원해도 좋다는 명이 내려왔어요. 당신이라면 분명 암왕 전하의 기대에 부응할 수 있을 거예요."

"아주 달변이구나."

암영은 분노를 감추지 않았다. 하지만 그 분노는 암화의 기분을 더욱 기껍게 할 뿐이었다.

"당장 착수하셔야 할 거예요."

"그래, 그렇게 하도록 하지."

암영이 돌아섰다. 소리도 기척도 없이 멀어지다 어느 순간 사라졌다.

어깨를 늘어트리며 숨을 길게 토한 암화는 암왕이 기거하는 암왕전을 돌아보았다. 다시 발걸음을 내딛었다.

◑

신조는 청조를 업고 질풍같이 달렸다. 처음 계획했던 것처럼 서쪽으로 향하는 흔적을 남긴 뒤에 다시 남쪽으로 돌아 기동했다. 초상비를 펼쳤기에 이번엔 흔적이 남지 않았다.

인적 드문 길을 돌아가다 보니 식사는 길에서 해결해야 하기 마련이었고, 신조와 청조는 육포 조각을 뜯어먹으며 나란히 걸었다.

"무슨 생각 하세요?"

청조가 고개를 살짝 기울여 신조의 옆얼굴을 올려다보며 물었다.

신조는 청조를 돌아보는 대신 그저 정면만 보며 답했다.

"아무것도 아니다."

하지만 누가 봐도 무언가 골똘히 생각하는 얼굴이었다.

청조는 잠시 망설였지만, 이내 다시 입을 열었다.

"그럼 우리 이제 북쪽으로 올라가는 건가요?"

현재 위치는 목표였던 영월의 서남쪽이었으니 당연히 북쪽으로 올라가야만 했다. 신조는 고개를 끄덕여 답한 뒤 남은 육포 조각을 입에 털어 넣었다. 인적 없는 산길을 턱짓으로 가리키며 말했다.

"강남이 사파 지역이라지만 크게 다를 것도 없다. 똑같이 사람 사는 곳이고, 황실의 권위가 닿는 땅이니 말이다."

묻지도 않은 말을 설명하는 신조였다.

청조는 눈을 살짝 가늘게 뜨며 다시 신조의 옆얼굴을 찬찬히 살펴보았다.

이번에는 그 시선을 느꼈는지 신조가 약간은 무안하다는 듯 헛기침을 터트렸다. 눈동자만 살짝 굴려 청조 쪽을 보았다.

"왜요?"

"아니다."

"만날 아니래."

피식 웃은 청조는 어깨를 애교 있게 으쓱였다.

"이 근처도 와 보신 적 있으세요?"

"있지. 그것도 상당히 자주."

지난 사십여 년간 제 전역을 누빈 십삼조와 신조였다. 기억을 더듬 듯 아련한 시선을 곳곳에 보낸 신조가 말했다.

"이 근방은…… 좀 우스운 소리지만, 치안이 좋다."

"사파 지역인데요?"

청조가 눈을 동그랗게 떴다.

신조가 키득 웃으며 그런 청조의 야들야들한 뺨을 꼬집었다.

"그래서 좋은 거다. 자잘한 잡놈들이 별로 없으니까. 윗대가리들한테 통행세만 제대로 지불하면 안전하지."

지나가는 행인들의 돈을 갈취하는 도적들이라도 규모가 커지다 보면 나름의 규율이라는 것이 생기는 법이었다. 마구잡이로 지나가는 이들의 돈을 갈취하기만 해서는 당장의 수입만 확보할 수 있을 뿐이었다.

사람들이 아예 그 길을 이용하지 않게 되어도 낭패였고, 관군이 토벌을 나와도 낭패였다. 때문에 황금알을

낳는 거위의 배를 가르기보다는 적당히 상부상조하는
요령이 필요했다.

돈을 뜯기는 이들 입장에서는 상부상조라 생각하기
힘든 일이긴 했지만, 그래도 어중이떠중이들이 길마다
죽자고 덤비는 걸 상대하기보다는 한 번에 깔끔하게 거
래하고 이동하는 것이 나았다.

"그럼 돈 없는 사람들은요?"

"여행은 삼가는 편이 좋지."

신조의 대답에 청조는 얼굴을 구기더니 고개를 내저
었다.

"무서운 세상이네요."

"그러고 보니 넌 처음에 나 만나러 올 때 아무 일도
없었냐?"

청월에서 영주 땅까지는 꽤 거리가 멀었다. 아무리
정파의 영향력이 강한 강북이라 해도 청조 정도의 미색
을 가진 여인이 혼자 여행하기에는 험한 세상이었다.

"저야 안전한 길로 다녔죠. 사람들 많은 곳이랑."

"그랬다니 다행이고."

오물오물 먹던 육포도 이제 다 먹어서 길을 재촉할
때도 되었건만, 신조는 청조에게 다시 업히라는 이야기

를 하지 않았다. 그렇게 노닥노닥 시답잖은 이야기만
하며 길을 걸은 지 일각이나 지났을까.

신조가 문득 손을 뻗어 청조의 앞을 가로막았다. 깜
짝 놀라 제자리에 멈춰 선 청조를 내버려 두고 한 걸음
앞으로 나섰다.

"숨어 있지 말고 나오시지."

청조는 눈을 깜박이며 주변을 둘러보았지만 딱히 보
이는 것은 아무것도 없었다. 하지만 신조는 정면을 노
려보았고, 이내 부스럭거리는 소리와 함께 십여 장 거
리 앞에서 사내 하나가 수풀 너머에서 모습을 드러냈
다.

금술이 잔뜩 들어간 화려한 붉은 장삼을 입은 남자였
다. 키가 크고 전체적으로 길쭉길쭉한 외양이었는데,
특히나 두 팔이 길어 무릎에 닿을 것만 같았다. 허리춤
에는 커다란 도를 하나 매고 있었다.

남자는 껄껄 웃으며 신조와 청조 쪽으로 다가섰다.
대략 마흔 살 정도로 보이는 남자답게 선이 굵은 얼굴
이었다.

"너, 진짜로 신조냐?"

삼 장 거리까지 다가온 남자가 대뜸 물었다.

신조는 다소 못마땅한 얼굴로 고개를 끄덕였다.

"진짜 신조다."

"그럼 옆에는?"

남자의 시선이 청조에게로 향했다. 마치 맛있는 진수성찬을 보는 듯한 시선에 절로 오싹해진 청조가 어깨를 움츠렸다.

신조는 눈썹을 한 번 꿈틀하더니 얼른 손을 뻗어 청조의 허리를 끌어안았다.

"내 여자."

[얌전히 안겨라.]

말함과 동시에 청조에게 전음을 보냈다.

청조는 순간 깜짝 놀란 사람처럼 눈을 크게 떴지만, 이내 신조의 가슴에 머리를 기대며 자연스럽게 안겼다.

남자는 신조의 반응이 재미있다는 듯 입꼬리를 길게 찢으며 음흉하게 웃었다.

"난 네놈이 동자공이라도 익히는 줄 알았는데 말이야."

"흰소리 말고, 내 여자니까 건드리면 사생결단이다."

일단 시키는 대로 신조의 품에 안겨 있는 청조였지만 자연 호기심이 들 수밖에 없었다.

신조를 잘 아는 것처럼 행동하는 저 남자는 누구일
까? 신조의 반응을 보면 십삼조는 아닌 것 같은데. 그
리고 신조는 왜 갑자기 내 여자 운운하며 자신을 끌어
안는 걸까?

남자가 혀를 내밀어 입술을 핥았다.

"이제 그만한 실력은 되나 보지?"

"확인해 보든가."

남자와 신조가 서로를 노려보았다. 둘 사이의 기류가
심상치 않게 변했다. 절로 숨이 막힌 청조가 신조의 가
슴에 숨 듯이 얼굴을 파묻자 남자가 먼저 살기를 거뒀
다. 껄껄껄 웃더니 손을 흔들었다.

"그만하지, 그만해. 반로환동까지 했다는데 어련하
겠어."

남자가 턱짓으로 청조를 가리켰다.

"그래서 네 여자 이름은?"

"청조입니다."

청조가 빠르게 답했다.

남자가 눈을 껌벅였다.

"청조? 너, 네 여자한테 이름까지 새로 지어 줬냐?"

"본명이다."

신조가 시큰둥하게 답했고, 남자는 뭐가 그리 재미있는지 혼자 박장대소를 터트렸다.

"신조(迅鳥)에 청조(靑鳥). 쌍조(雙鳥)이니, 거 천생연분일세."

여태까지 누구도 하지 않은 지적에 청조가 뺨을 살짝 붉혔고, 신조는 눈썹만 꿈틀거렸다. 청조 쪽을 보지 않으며 설명했다.

"색마 고대협. 참고로 이름이다. 절대 대협이라고 높여 부르는 것이 아냐."

색마라는 말에 청조가 눈을 깜박였다.

남자, 고대협이 얼른 소리쳤다.

"어허! 색마라니! 그저 색을 즐기는 풍류남아일 뿐. 날 색마라 부르는 놈은 세상천지에 너 하나밖에 없을 거다."

"퍽이나."

신조는 툴툴거렸지만 고대협은 신경 쓰지 않았다. 청조 쪽을 보며 사근사근한 목소리로 말했다.

"제수씨, 오해하지 마오. 강호 동도들은 날 색마가 아닌 도황(刀皇)이라 부른다오."

청조는 저도 모르게 입을 벌렸다. 거의 반사적으로

소리쳤다.

"도황 고대협!"

무림의 열두 지존인 사황오제삼신 가운데 하나, 녹림
왕, 서방제일도!

청조의 반응이 만족스러운 듯 도황 고대협은 다시 소
리 높여 웃었다. 신조에게 말했다.

"자, 언제까지 길거리에서 떠들 순 없지. 이야기는
산채로 돌아가서 계속하도록 할까?"

산세가 험한 서쪽 땅은 예로부터 녹림의 무리가 횡행
했다. 녹림왕이라 불리는 도황 고대협은 서쪽 땅의 녹
림 전부를 일통한 뒤 백룡강에 터를 둔 백룡채와 힘겨
루기를 하고 있었다.

도황은 신조와 청조를 데리고 녹림왕의 본채로 향했
다. 산 중턱에 자리한 오층 높이의 거대한 건물이 절경
이었다.

눈에 띄지 않는 비밀 통로를 이용했기에 신조와 청조
의 방문을 아는 이는 무척이나 적었다. 도황은 최상층
에 위치한 넓고 화려한 방 상석에 자리를 잡았다. 자연
스럽게 신조와 청조는 그 맞은편에 자리를 잡았고, 화

사하게 차려입은 여인들이 술상을 들고 들어와 술을 한 잔씩 따르자 도황이 드디어 입을 열었다.

"그래, 그간 어떻게 살았냐?"

이동하는 내내 한마디도 하지 않다가 꺼낸 첫마디치고는 무척이나 평범했다. 신조는 주변을 훑어보며 청조의 허리를 바짝 끌어안았다. 대수롭지 않다는 투로 대꾸했다.

"물어볼 거나 있나?"

"근 이십 년 만에 만났는데 툴툴거리기는."

"이십 년이나 지났는데 아직도 변한 것이 없구나."

"이미 완전한데 뭘 변하겠냐. 넌 변한 부분이 많은 것 같아서 이 형님이 보시기에 무척이나 흡족하다."

도황이 껄껄 웃었다. 환골탈태까지 경험한 초절정의 무인이었기에 사십 대 정도로밖에 보이지 않았지만, 기실 도황의 나이는 예순에 가까웠다. 신조가 코웃음을 쳤다.

"형님은 개뿔이. 전에도 말했지만, 내가 너보다 두 살 위다."

"허허, 세상에 먼저 난 것만으로 형, 아우를 따진다면 이 어찌 팍팍하지 않겠나."

호탕하게 웃은 도황은 연신 술잔을 들이켰다. 청조
쪽으로 턱짓하며 말했다.

"그나저나 그만 좀 끌어안고 있어라. 그렇게 좋냐?"

도황과 대면한 이후 지금까지 신조는 단 한시도 청조
에게서 손을 떼지 않았다. 팔이나 허리를 끌어안고 놓
을 줄을 몰랐다.

신조의 눈썹이 꿈틀거렸다.

"네놈 때문에 그런다."

"누가 들으면 내가 눈빛만으로 처자를 임신시키는
놈인 줄 알겠다."

"너라면 가능할 것도 같아."

도황이 다시 폭소했다. 어떻게 보면 욕하는 말이었지
만, 그보다는 신조와의 말장난이 기꺼운 모양이었다.

눈동자를 굴려 가며 둘 사이의 눈치를 보던 청조가
살며시 끼어들었다.

"두 분이 어떻게 아시는 사이세요?"

"악연이지."

"예전에 일을 같이하면서 이래저래 친해졌다."

대답이 거의 동시에 들려왔다. 먼저 짧게 끝난 것은
신조였고, 길게 이어진 것은 도황이었다.

상반된 것 같으면서도 묘하게 통하는 대답에 청조는 소리 죽여 웃었고, 신조는 미간을 찌푸렸다.

도황이 술잔 대신 양옆의 여인들의 낭창낭창한 허리를 끌어안으며 물었다.

"그보다, 진짜냐?"

중요한 부분이 죄다 생략된 물음이었다.

신조가 고개를 끄덕였다.

"진짜다."

"흥미롭군, 아주 흥미로워."

금일 신조와 도황의 만남은 우연히 일어난 것이 아니었다. 아랑의 계획하에 있는 일이었고, 도황은 신조가 당도하기 이틀 전에 이미 아랑의 서신을 받아 신조를 기다리고 있었다.

도황이 언급한 것은 천마회에 관한 것이었다.

"뭐, 그래도 일단은 지켜볼 생각이다. 아직 사파는 안 건들고 있잖아?"

"아직일 뿐이지."

신조는 웃지 않았고, 도황은 사납게 웃었다. 둘 사이에 육성이 아닌 전음이 오갔다.

[천검문 쪽으로는 아랑이 갔겠군?]

[그래. 너도 알 거다, 이게 얼마나 민감한 문제인지 말이다.]

[아랑과 네 추측처럼 이 모든 게 광룡의 음모라면, 놈들이 노리는 것은 무엇이지?]

신조는 바로 답하지 않았다. 도황은 대답을 기다리지 않고 연달아 답을 제시했다.

[무림을 약화시키려는 걸까? 무림과의 전쟁?]

모두 가능성이 있었다. 그리고 기실 저것들 외에는 광룡이 비밀리에 천마회를 키워 비사문을 비롯한 서쪽 땅의 문파들을 공격한 이유를 만들어 내기 어려웠다.

신조가 도황의 얼굴을 똑바로 바라보았다.

[속셈이야 어찌 되었든 천마회의 공격은 시작되었고, 계속되겠지.]

[그래, 그러니 문제야. 무림인들이 일치단결해서 황실에라도 쳐들어가야 할까?]

천마회가 광룡의 것이고, 그 광룡이 무림을 적대하고 있다. 하지만 그렇다고 어찌하란 말인가. 황실에 대적하기라도 해야 한단 말인가.

[사황오제삼신이 협력해서 황실 담을 넘는 것도 나쁘지 않겠군.]

빈정거림에 가까운 말이었다. 도황의 말은 끝나지 않았다.

[천마회와 황실을 분리해야만 해. 때리면 얻어맞아야 하는 형편이지. 참으로 엿 같지 않나?]

어쩌면 광룡은 무림이 일치단결해 황실에 대적하기를 바라는 것일지도 몰랐다. 혈랑마존의 혈겁 이후 무림 방파의 세력은 이전 시대와 비할 수 없이 강해졌다. 이번 일은 그런 무림에 반역자란 이름을 덧씌워 짓밟기 위한 것일 가능성이 있었다.

신조는 고개를 가로저었다.

[아니, 광룡을 치면 된다.]

[그게 황실을 치는 것과 무에 다르지?]

[다르다.]

허공에서 신조와 도황의 시선이 교차했다. 도황이 다시 술잔을 들이켰다. 술시중을 들기 위해 들어온 가인들과 청조는 신조와 도황이 서로 노려보기만 할 뿐 아무 말도 하지 않자 적잖이 불안해하고 있었다.

도황이 술잔을 내려놓았다.

[그보다, 난 너희 십삼조가 광룡을 적대시하는 상황이 더 이상한데?]

은퇴했다고는 하나 십삼조는 기본적으로 황실의 비수였다. 그런데 황실은 어째서 십삽조를 적대하는가. 십삼조는 도망쳐 숨는 대신 황실에 맞서 싸울 것을 결심하였는가.

신조는 눈을 감았다.

[뇌호와 맹저가 죽었다.]

"광…… 룡에게?"

도황이 전음이 아닌 육성을 토했다. 그만큼 놀랐기 때문이었다.

"과연, 그렇다면 진심이겠군."

도황이 다시 술잔을 들었다. 이번에는 신조도 마찬가지였다. 단번에 술잔을 비운 도황이 신조보다 조금 앞서 술잔을 내려놓았다. 고개를 내저었다.

"아쉬워. 아쉽게 되었다고."

어딘가 괴로운 듯 인상을 찌푸렸다. 목소리 또한 불쾌함이 묻어났다.

"고…… 대협?"

신조가 몸을 살짝 뒤로 빼며 도황을 쳐다보았다. 둘 사이의 거리는 대략해서 이 장여. 도황이 자리에서 일어섰다.

"미안하다. 너 오기 직전에 새로 제안을 받아서 말이다."

도황이 손짓으로 가인들을 물렀다.

신조는 이를 악물며 청조와 함께 자리에서 일어섰다.

도황이 품에서 부적 몇 장을 꺼냈다.

"사혼부, 알지?"

알고 있었다. 그리고 저것을 만들 수 있는 자가 천하에 단 셋뿐이었다는 사실 또한 알았다.

지금은 죽은 맹저, 무림제일술사인 사황, 맹저의 제자인 청룡.

도황이 지금 시점에 저 부적들을 꺼낸 이유는 무엇일까? 그리고 그에게 저 부적을 준 이는 누구일까?

"암룡인가?"

"그래, 암룡. 놈들도 너와 나의 친분 정도는 아니까. 시기라는 것을 생각한다면, 아무래도 천운은 그쪽에 있는 모양이다."

아랑 또한 사혼부로 도황에게 연락을 취했다. 암룡에서의 제안은 그 이후와 신조의 방문 사이였음이 분명했다.

도황이 허리춤에 맨 대도의 손잡이에 손을 올렸다.

"악연이든 뭐든…… 내 손으로 죽이고 싶지는 않다."

신조는 천천히 숨을 골랐다. 공간을 제압하기 시작한 도황의 기세에 지지 않기 위해 마찬가지로 기세를 내뿜었다. 갑작스런 상황에 놀라 하얗게 질린 청조를 옆으로 살짝 밀어냈다.

도황이 고개를 끄덕였다.

"내가 평생 못 볼 줄 알았던 제수씨 아니냐. 목숨은 내가 보장하지. 암룡에도 넘기지 않으마."

청조가 울 것 같은 얼굴이 되었다. 가인들이 물러나며 그런 청조를 잡아끌었다.

신조는 가인들에게 끌려가는 청조에게 마지막으로 웃어 준 뒤 지체 없이 불사신조 일식을 발동시켰다. 은은한 붉은 기운이 신조를 휘감았다.

"쉽지 않을 거다."

"그래, 기대하지."

말이 끝남과 동시에 싸움이 시작되었다. 도황이 상을 넘어 신조에게 쇄도했다.

당대의 도황이 도황의 자리에 오르기 전에 받은 칭호는 분광도였다. 실로 빛살과도 같은 쾌섬이 그의 자랑이었다.

범인들보다 훨씬 긴 팔로 펼치는 도황의 변화무쌍한
쾌도술이 노도와 같이 밀려왔다.

　신조는 즉각 허리에서 검을 뽑아 들어 도황에게 맞섰
다.

　콰가가가가가강!

　검과 도가 서로 어울리며 비명을 질렀다. 눈으로 쫓
기 힘든 빠르기에 주변의 대기가 찢어발겨졌다.

　도황의 공격은 빠르고 강했다. 푸른빛의 도기에 맞서
기 위해 신조 또한 검기를 일으켰다. 붉고 푸른빛이 서
로 격돌하니 호화롭고 현란하기가 이를 데 없었다.

　신조는 입술을 깨물었다. 불리한 싸움이었다. 신조가
도황보다 나은 것은 오직 기동력 하나뿐이었는데, 제법
넓다고 하나 한정된 공간인 방 안에서는 그러한 장점을
살리기가 어려웠다. 성난 멧돼지처럼 몰아붙이는 도황
에 맞서기가 점점 더 힘들어졌다.

　도황은 싸우면서 쓸데없는 말을 하지 않았다. 활화산
처럼 어마어마한 기운을 내뿜으며 신조를 공격하는 데
만 집중했다. 내력에서 도황이 앞섰다. 속도는 박빙이
었으나 도황의 일방적인 공세였다.

　아슬아슬하게 이어지던 균형이 무너진 것은 한순간

이었다.

챙강!

신조의 검이 박살이 났다. 붉은 검기가 깨져 사방에
비산했다.

검이 깨진 충격에 신조가 뒷걸음질 쳤다.

도황은 그 틈을 놓치지 않았다.

일섬.

신조의 가슴이 크게 갈라졌다. 피를 허공에 뿌리며
그 자리에 무너졌다.

"신조 어르신!"

가인들에 붙잡혀 구석에 끌려가 있던 청조가 울부짖
었다. 내력을 발휘해 가인들을 모두 떨쳐 내고 신조에
게 달려갔다.

도황은 도를 길게 늘어트렸다. 그 역시 지쳤다. 이
정도로 쉼 없이 공격을 퍼부은 것은 실로 몇 년 만의
일이었다. 쓰러진 신조의 가슴을 부여잡고 울부짖는 청
조를 보며 피식 웃었다.

"걱정하지 마라, 죽진 않았으니."

하지만 들리지도 않는 모양이었다. 청조는 신조의 가
슴에서 흘러나오는 피를 막을 요량인지 손과 옷이 모두

피로 물드는 것도 아랑곳 않고 엉거주춤 손을 놀렸다.

도황은 바닥에 도를 꽂아 넣은 뒤 한 손을 놀려 청조를 밀쳐 냈다. 다른 손으로 신조의 혈도를 짚어 출혈을 막았다. 가인들에게 명했다.

"치료해 준 뒤에 뇌옥에 가둬라."

가인들이 우르르 몰려와 신조를 데리고 방을 나섰다. 방 안엔 이제 도황과 청조만이 남았다. 도황은 청조에게 다가섰다. 바닥에 주저앉은 채로 눈물을 삼키며 자신을 올려다보는 청조의 턱을 붙잡아 얼굴을 고정시켰다. 은근한 목소리로 속삭였다.

"넌 나와 함께 가도록 하지."

청조는 눈을 꽉 감았다.

☯

옛날 일이었다. 삼십 년도 더 된 그런 먼 과거의 일이었다.

요호는 울고 있었다.

"은퇴하고 싶어. 하지만 은퇴하고 싶지 않아!"

요호는 젊었다. 여자 나이 서른둘은 무공을 익힌 여

인에게 결코 많은 나이가 아니었다. 아니, 무공을 모르는 이들에게도 마찬가지였다.

요호 주위에 선 것은 십삼조였다. 모두들 표정이 좋지 못했다. 요호의 슬픔을, 마음을 이해하고 있기 때문이었다.

모순된 감정이 충돌하는 것을 견디지 못하고 끝내 눈물짓는 요호의 모습은 시리도록 아름다웠다.

"헤어지고 싶지 않아. 혼자는 가기 싫어."

그토록 꿈꿔 온 은퇴였지만 도저히 혼자서는 할 수 없었다. 십삼조의 모두와 헤어지고 싶지 않았다.

십삼조 역시 마찬가지였다. 요호를 떠나보내고 싶지 않았다. 하지만 마음을 억눌러야 했다. 그녀에게 사람다운 삶을 선물하기 위해, 그녀가 늘 바랐던 것처럼 평범하게 아이를 낳고 기르는 삶을 누릴 수 있도록 그녀를 떠나보내야만 했다.

요호와 가장 친한 애묘가 제일 먼저 나섰다. 억지로나마 호탕한 미소를 그렸다. 새어 나온 눈물 때문에 엉망진창인 얼굴이었지만, 그래도 말했다.

"우리도 곧 뒤따라갈게. 자식농사 잘 지어서 반겨 줘. 알았지? 우리 다 같이 살 집터도 미리 잘 닦아 놓고."

애묘는 더는 말하지 못했다. 그저 요호를 끌어안았다.

맹저도 더는 참지 못하고 요호에게 달려가 그녀의 품에 얼굴을 묻었다.

요호는 울었다. 눈물을 쏟으며 애묘와 맹저를 끌어안았다. 시선으로나마 남은 십삼조의 모두와 교감했다.

창룡은 고개를 끄덕였다.

뇌호는 시선을 피해 돌아서려 했지만, 결국 그러지 못했다. 눈물어린 눈으로 요호와 시선을 마주했다.

아랑은 울면서 웃었다.

마지막으로 요호의 시선이 신조와 교차했다.

"신조."

"잘 가, 누나."

요호의 부름에 신조는 그렇게 말했다. 누이이자 어머니였던 여인을 떠나보냈다.

시간이 흘렀다. 과거의 기억을 살피던 의식은 현재로 돌아왔다.

신조가 정신을 차렸을 때 제일 먼저 본 것은 검고 두터운 철문이었다. 한 평 남짓한 차가운 돌바닥에서 한

기가 밀려왔다. 양 발목과 손목을 봉한 검은 쇠사슬이 무거웠다.

발가벗은 상태는 아니었지만, 입고 있는 것은 바지 한 장이 전부였다. 신조는 훤히 드러난 가슴을 내려다보았다. 하얗고 보드라운 피부 사이로 길게 베인 상처가 눈에 띄었다.

"개새끼."

신조는 힘겹게 욕지거리를 토했다. 정신을 얼마나 오랫동안 잃고 있었는지도 알 수 없었다. 급히 몸이라도 추스르기 위해 운기조식을 취하려 했지만, 그마저도 할 수 없었다. 강철 문이 열렸기 때문이었다.

"듣는 새끼 서운하게 개새끼가 뭐냐."

강철 문을 열고 들어선 것은 도황이었다. 딱 맞추었다고 해도 과언이 아닌 등장에 신조가 조금은 어이없다는 얼굴로 물었다.

"설마 문밖에서 나 깰 때까지 기다리고 있었냐?"

"넌 서방제일도이자 녹림왕인 동시에 도황인 내가 그렇게 할 일 없는 사람으로 보이냐? 그냥 운 좋게 때가 맞은 것뿐이다."

도황은 들고 온 쟁반을 바닥에 내려놓은 뒤 신조 앞

에 털썩하고 앉았다. 조금의 스스럼도 없는 태도였다.

"너랑 나뿐이다. 다른 놈은 아무도 없어. 옆방도 비어서 새는 이야기 엿들을 놈도 없지."

"비었으면 세작이 숨어 있기도 좋겠네."

신조가 코웃음을 쳤지만 도황은 무시했다. 쟁반 위에 놓인 밥과 고기를 턱짓으로 가리키며 말했다.

"일인실이 총 여섯 개 있는데, 그중 둘은 손님이 있고 넷은 비어 있지. 넌 그 둘 중 하나이고. 이건 네 밥이다."

신조도 쟁반을 보았다. 김이 나는 것을 보니 아직 만든 지 얼마 안 된 음식인 모양이었다. 전음을 보낼 기운도 없어 육성으로 물었다.

"어때, 속은 것 같아?"

도황이 즉답하는 대신 먼저 씩 웃었다. 마찬가지로 소리 죽여 답했다.

"속았을 거다. 몇 번을 뒤집어 생각해도 내가 암룡의 제안을 뿌리치고 너한테 붙을 이유가 없으니까."

비공식이라고는 하나 암룡은 엄연히 황실의 기관이었다. 그렇지 않아도 황실의 눈치를 살펴야 하는 녹림의 입장에서 암룡과 척을 진다는 것은 그야말로 엄청난

손해를 자초하는 것과 다르지 않았다.

신조는 숨을 골랐다. 신조 스스로가 생각해도 꽤나 기이했기 때문이었다.

"아랑 형이 네게 뭘 제시한 거지?"

당장에 생각할 수 있는 것은 돈이었다. 하지만 이미 부귀영화를 누리고 있는 도황에게 자칫 그 기업을 잃을 수도 있는 일을 하게 만들 정도의 '돈'이 과연 아랑에게 있을까?

신조가 궁금해 하자 도황은 약을 올리듯 껄껄껄 웃었다.

"얘기하면 네가 발광할 게 뻔하니 나중에 말하마."

신조는 인상을 찌푸렸다. 불길하다기보다는 불쾌한 느낌이 들었기 때문이었다. 하지만 신조는 이내 표정을 고치고 본론을 제시했다.

"대주 둘이 죽었고, 암룡의 작전은 실패했다. 암화와 암영은 파벌 싸움 중이다. 때문에 이제 암영이 직접 나설 것이 분명해."

암영의 성격도 그러했지만, 애당초 암영의 임무 또한 그러했다. 암룡에서 파견한 요원들이 단체로 일을 그르쳤으니 현장 요원들의 수뇌격인 암영이 나서는 것이 맞았다.

"여기까지는 아랑 말대로 딱 맞아떨어졌군. 그리고⋯⋯."

"그래, 그치라면 날 직접 인수하러 오겠지."

그것이 암영의 방식이었다. 직접 나선 이상 처음부터 끝까지 자기 손길이 닿아야만 직성이 풀리는 양반이 바로 암영이었다.

도황이 툭 던지듯 물었다.

"암영, 그 작자 조심성이 넘치다 못해 겁이 많은 양반인데, 못해도 한 백 명 정도는 끌고 오겠지. 온다고 잡을 방안은 있나?"

"도황 나리가 도와주실 텐데 뭐가 걱정이겠어."

"까딱 잘못하면 우리 녹림 날아가는 건데 말이야. 뒷수습 생각하면 그렇게까지 전면적으론 못 도와줄 거다."

"그래, 잡는 것까지 떠먹여 달라고 할 수는 없으니까."

대화가 끊어졌다. 도황은 잠시 신조의 얼굴을 똑바로 바라보았다.

"너, 진짜 강해졌더군. 전력을 다하지 않은 거지?"

"밑천 다 드러낼 수는 없으니까. 전력을 다하지 않은 거야 피차일반이기도 하고."

"하긴, 옛날부터 이상하긴 했다."

"뭐가?"

도황은 고개를 살짝 들어 천장을 응시했다. 기억 속의 과거를 더듬으며 말했다.

"'그 사람'의 제자인 네놈들의 강함이 이 정도밖에 안 될 리가 없으니까. 창룡 말고는 솔직히 죄다 좀 실망이어서 말이야. 재주들은 다들 신기하긴 했지만."

"우리 스승님은 좋겠군. 얼굴 금칠해 줄 사람도 많아서."

약간은 치졸한 빈정거림에 도황은 다시 웃음을 흘렸다.

"그런데 청조라는 계집, 진짜 네 여자 맞냐? 어째 눈 뜨고 나서 한 번을 안 찾네. 처연한 자태가 어찌나 곱든지 원. 사람 환장하게 만드는 계집이더만."

순간, 신조의 두 눈에 살기가 어렸다. 수위가 낮은 무인이라면 그 살기만으로도 내상을 입을 정도로 흉흉하고 날카로운 기운이었다.

도황이 얼굴을 구기며 빠르게 말했다.

"안 건드렸어, 이놈아. 참는 데 힘들었다."

살기는 사라졌지만 신조의 두 눈이 매섭기는 매한가지였다. 기분이 나쁠 만도 하거만 도황은 오히려 기꺼움을 표했다.

"그래, 그렇게 계집질도 하고 살아. 보는 내가 속이

다 시원하네."

도황이 십삼조와 교류한 기간은 고작해야 몇 달에 불과했다. 그리고 그나마도 이십 년이나 전의 일이었다. 하지만 도황은 자신과 신조가 친구라 생각했다. 신조와 애묘, 맹저가 얽힌 복잡한 사연도 대강이나마 알았고, 신조가 얼마나 답답하게 살아왔는지 또한 모르지 않았다.

신조는 무어라 대꾸하는 대신 입을 다물어 버렸고, 도황도 더는 말을 늘어놓지 않았다. 내려놓았던 쟁반을 신조 쪽으로 민 뒤 자리에서 일어섰다.

"밥도 먹고 쉬어라. 암영, 그놈이 오려면 못해도 며칠은 걸릴 테니."

도황은 대답을 기다리지 않고 강철 문을 열었다. 그대로 뇌옥을 나섰다.

●

"생포했다는 건가?"

암영의 물음에 수하가 즉각 대답했다.

"예, 뇌옥에 가둬 두었다고 합니다."

암영은 백룡강을 타고 남쪽으로 기동 중이었다. 바다

에 나가도 괜찮을 것 같은 거대한 배에는 암영 직하의 정예들로 가득했다.

암영은 잠시 수를 헤아렸다. 녹림에 미리 잠복시켜 둔 세작을 하나 공개시키면서까지 도황과 접촉한 것은 십삼조가 언젠가는 반드시 도황과 접촉할 것이라 예상했기 때문이었다. 그런데 시의적절하게도 도황과 거래를 끝내자마자 신조가 걸려든 셈이었다.

운이 좋았다고도 볼 수 있었지만, 너무 일이 잘 돌아가니 오히려 의심이 생겼다.

"수작을 부렸을 가능성은 없나?"

"잠입시켜 놓은 아이가 직접 싸우는 모습을 보았답니다. 그리고 몇 번을 거듭 검토해 보았지만, 도황이 십삼조와 결탁할 만한 이유가 없습니다."

십삼조가 도황과 녹림에 제공할 수 있는 것이 없었다. 그나마 기댈 수 있는 것은 지난날의 얄팍한 교류가 전부였다.

"도황은 무리의 수장이라기보다는 그저 맹수에 가까운 자다."

"알고 있습니다. 하지만 결코 어리석은 맹수는 아니지요."

암룡과 척을 지게 되면 녹림이 볼 손해는 막심했다. 여기서 암룡을 버리고 십삼조 편을 드는 것은 누가 봐도 어리석고 불합리한 판단이었다.

도황 고대협. 색마라 낮춰 부르는 이들이 있을 정도로 색을 밝히나 결코 정도 이상의 사건은 일으킨 적이 없는 영리한 자였다.

암영은 고개를 끄덕였다.

"좋다. 예정대로 진행하라."

"명을 받들겠습니다."

수하가 물러가자 선실에 혼자 남은 암영은 신조를 비롯한 십삼조를 떠올렸다. 그들과 함께 했던 삼십 년.

십삼조는 왜 암룡을 배신한 것일까. 어째서 황실에 그 이와 발톱을 드러낸 것일까.

암영은 이해할 수 없었다.

제16막

교전

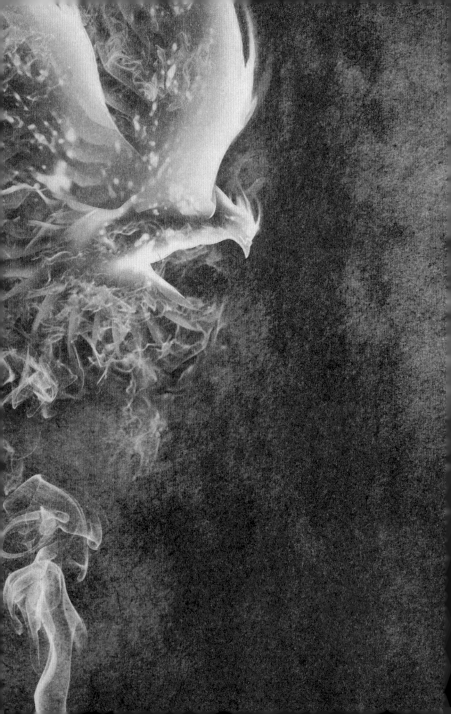

어쩌면…… 난 이미 알고 있었을지도 모르겠구나.
그렇게 되고 말 것이란 것을 말이야.

— 스승

●

비사문의 봉문과 중소 문파 셋의 멸문, 태양궁주 금
안천군의 죽음은 천마회의 이름을 중원 전체에 퍼트리
는 결과를 낳았다.

그중에서도 급습의 생존자가 전한 태양궁주 금안천

군 조영민의 죽음이 가져온 충격은 지대했다. 그 죽음 자체보다는, 죽음의 방식이 문제였다.

정파구주의 문주들 가운데서도 손에 꼽을 정도로 고강한 무위를 지닌 태양궁주가 천마회의 마인 하나에게 압도적으로 패해 목숨을 잃었다.

무림이 술렁일 수밖에 없었다. 천마회가 정파구주의 문주들을 상회하는 초절정의 고수들을 보유하고 있다는 뜻이었으니 말이다.

무림 전역에서 천마회에 대한 경각심이 높아졌다. 직접적인 피해를 입은 정파는 물론이거니와, 아직까지 피해를 입지 않은 사파들도 몸을 사렸다.

서쪽 땅과 동쪽 땅에 자리한 문파들은 언제 있을지 모를 천마회의 습격에 대비해 몸을 움츠렸다. 중소 문파들 가운데는 아예 봉문을 선언하는 문파도 적지 않았다.

그리고 이러한 무림의 움직임을 비웃듯, 동과 서에 각각 자리한 천마회는 머물던 곳을 떠나 기동했다. 용화가 이끌고 있는 천마회는 북쪽 땅으로 향했고, 삼각귀가 이끄는 천마회는 남쪽 땅으로 향했다. 정파구주를 두드렸으니 이제는 사파칠주를 공격할 차례였다. 그리고 그 사이에 중소 문파 몇이 더 멸문당할 터였다.

용화와 삼각귀의 천마회는 성격이 달랐다. 용화의 천
마회는 비교적 많은 수의 마인들로 구성되어 있었다.
검기상인 절정의 경지에 오른 마인 일백과 수백에 달하
는 마졸들이 용화가 거느린 천마회의 힘이었다.

반면, 삼각귀의 천마회에 속한 마인들은 그 숫자가
적어 수십을 겨우 헤아렸다. 하지만 하나하나의 강함이
용화의 천마회의 마인들보다 월등했다. 이들이야말로
진정한 마두들의 집결체였다.

새벽 직전의 어두운 밤, 사람의 눈길을 피해 험로로
만 기동하던 천마회의 무리들이 산개했다. 저마다의 비
법으로 은둔했다. 오직 하나, 홀로 몸을 감추지 않은
용화는 곧게 뻗은 소나무 아래 앉아 사혼부를 찢었다.

중원인들이 마교라 부르는 일월성교에서 독립한 일
월문의 문주, 즉 최초의 사황(邪皇)이 만들었다고 전해
지는 사혼부에는 사혼을 부릴 수 있는 힘이 담겨 있었
다. 육의 세계가 아닌, 경계에 존재하는 사혼에게 물질
적인 거리는 무의미하니, 사혼부를 통하면 천 리 밖에
있는 이와도 실시간으로 대화를 나누는 것이 가능했다.

부적을 찢은 순간 발생한 은은한 빛 덩어리가 용화의

얼굴 앞에서 뭉치더니 여인의 형상을 갖추었다.

용화는 빛 너머에 있을 여인에게 예를 표했고, 여인은 짧은 인사로 답했다. 용화의 보고가 끝나자 나직한 어조로 말했다.

"비사문에서 입은 피해가 큰 게 뼈아프구나."

신조의 개입으로 인해 본래 예상보다 많은 수의 마인들을 잃고 말았다. 이제 와서는 새로이 충원할 수도 없는 마인들이었으니, 자칫 잘못하면 정작 필요할 때 제 역할을 하지 못할 수도 있었다.

"마인들의 상태는 어떠하지?"

"나쁘지 않습니다. 하나 북쪽 땅에 도달하면 한 번쯤 제대로 된 점검을 받을 필요가 있다 생각합니다."

여인, 흑룡은 잠시 침묵했다. 용화의 보고를 검토하기 위해서가 아니었다. 망설임 끝에 작게 물었다.

"너는 괜찮더냐?"

"괜찮습니다. 걱정해 주셔서 감사합니다."

용화가 급히 고개를 조아리며 그리 답했다.

흑룡은 숨을 삼켰다. 다시 몇 마디 말을 추가하는 대신 이야기를 끝마쳤다.

"곧 널 대신할 아이를 보내 주도록 하겠다. 그때까지

만 수고해 다오."

"감사합니다."

빛 무더기가 사라졌다. 효력이 다한 사혼부를 품에 챙긴 용화는 흑룡이 있을 중앙 쪽을 돌아보았다.

용화는 광룡이 천마회로 어떤 일을 꾀하는지 알지 못했다. 하지만 궁금해 하지 않았다. 그저 충실히 명을 수행하는 것이 흑룡을 돕는 길이라는 사실만을 되새겼다.

한차례 숨을 고른 용화는 천마회의 마인들이 그러한 것처럼 몸을 숨겼다. 밝아 오기 시작한 새벽을 피해 눈을 감았다. 밤을 기다렸다.

☯

'제'의 영토가 아무리 넓다 하나 시급을 다투는 소식은 빠르게 전파되기 마련이었다. 천검문과 비사문 양측을 통해 태양궁주 금안천군 조영민의 죽음을 접한 검제는 놀라움을 감추지 못했다.

참으로 오랜만에 보는 검제의 당혹스런 표정에 사정혜가 물었다.

"그치, 강해?"

검제와 사정혜가 비사문에 머문 지도 시일이 꽤 지났
다. 각지에 파견 나갔던 비사문의 고수들이 돌아오고,
천마회와의 싸움으로 몸져누웠던 이들 역시 하나둘 자
리에서 일어나니 적어도 겉모습만은 예전의 강성함을
되찾은 비사문이었다. 때문에 검제와 사정혜는 예전처
럼 비사문 곳곳을 돌아다니기보다는 내원에 마련된 숙
소에서 대부분의 시간을 보냈다.

아무리 무림의 여인이라 하나 정도가 있거늘, 사정혜
는 마루에서 아무렇게나 뒹굴거렸다. 질문을 던지는 그
순간에도 마찬가지였기에 검제는 짧은 한숨과 함께 사
정혜를 돌아보았다.

"금안천군은 강한 자였다. 그를 이십 수만에 제압했
다면…… 천마회의 마인은 사황오제삼신에 준하는 고
수라 생각해도 무방할 거다."

이것이 문제였다. 근본을 알 수 없는 수수께끼의 집
단에서 무림의 열두 지존인 사황오제삼신에 준하는 고
수가 등장했으니 말이다. 조금씩 전모가 드러날수록 그
덩치가 커져만 가는 천마회였다.

사정혜는 눈동자를 굴렸다. 사황오제삼신에 준하는

고수라면 오성 가운데 최강이라 추앙받는 사정혜보다도
강하다는 뜻이었다. 사정혜는 약간은 치기 섞인 목소리
로 말했다.

"그럼 그놈이 천마회에서 제일 센 놈이겠지, 뭐."

그리고 설사 그렇다 할지라도 검제보다는 약할 것이
분명했다. 아니, 반드시 그래야만 했다.

검제는 눈을 감았다. 사정혜는 분명 고금제일의 기재
라 해도 과언이 아닐 무재를 타고났다. 지모 또한 부족
하지 않았다. 하지만 역시나 어린 나이는 어쩔 수 없는
것인지 때때로 치기 어린 모습을 보여 주었다.

검제는 그런 사정혜의 허물을 탓하는 대신 다소 가라
앉은 목소리로 말했다.

"천마회에 만약 그보다 더 강한 자가 존재한다
면…… 실로 무림사에 큰 재앙이 될 거다."

천마회는 공격하는 입장이었다. 더욱이 그 근본을 알
수 없으니 어디서 나타날지 또한 짐작할 수 없었다. 서
쪽 땅에 위치한 비사문에 이어 동쪽 땅에 자리한 태양
궁이 공격받을 거라 누가 예상이나 했겠는가.

천마회에 사황오제삼신에 준하는 고수가 하나만 있
어도 방어가 난해할 터인데, 그러한 고수가 여럿이라면

방비가 몇 배는 더 어려워질 뿐만 아니라 무림이 입을 피해 역시 커지리라.

하지만 이런 검제의 걱정을 아는지 모르는지 엎드린 자세에서 상체만 일으킨 사정혜가 엉뚱한 소리를 꺼냈다.

"저기, 가가. 그거 알아?"

검제가 고개를 돌렸다.

사정혜가 배시시 웃었다.

"난 이렇게 진지한 이야기를 하는 가가가 두 번째로 멋있더라."

"혜아야, 무림의 중대사다."

"알아. 그치만 멋있는 걸 어떡해? 그리고 첫 번째가 어떤 모습인지는 궁금하지 않아?"

검제는 결국 고개를 내저었다. 콧대 높고 도도하기로 이름난 살성이 유독 자신에게만 이렇게 어린아이처럼 굴며 애교를 부리니 기꺼운 마음이 아주 없는 것도 아니었지만, 그래도 때로는 무림의 선배이자 어른으로서 처신에 대해 한마디 해 주어야 하지 않나 하는 생각이 들었다. 겉모습이야 환골탈태 덕분에 그리 크게 차이가 나지 않았지만, 실제로는 이십 년 가까운 세월의 격차가 있는 두 사람이었다.

"그래, 어떤 모습이더냐?"

검제가 어디 들어나 보자는 투로 말하자 사정혜는 혀로 아랫입술을 살짝 핥더니 고양이처럼 기어서 검제에게 다가갔다.

"그건 말이지……."

사정혜는 검제의 귓가에 나지막한 목소리를 흘려보냈다. 순간, 미미하게나마 얼굴이 붉게 물든 검제가 자리에서 벌떡 일어섰다.

"비사문주를 만나 보아야겠다. 언제까지 이곳에 웅크리고만 있을 수는 없다."

"말 돌리기는. 부끄러워하는 거야, 지금?"

검제와 마찬가지로 귓불이 발갛게 물든 사정혜가 까르르 웃었다.

하지만 검제는 따라 웃는 대신 낮게 깐 목소리로 답했다.

"혜아야, 난 그런 말을 함부로 하는 여자는 싫구나."

'그런 말'로 사정혜가 했던 말을 대신한 검제는 그대로 성큼성큼 발걸음을 옮겼다.

잠시 멍해 있던 사정혜가 얼른 신을 챙겨 신고 그런

검제의 뒤를 따랐다. 평소처럼 매달리거나 말을 걸지도 못하고 눈치만 살피다 겨우겨우 입술을 떼었다.

"가, 같이 가…… 요."

끝에다가 평소 붙이지도 않던 존댓말까지 붙여 보았지만, 검제의 걸음 속도는 조금도 줄어들지 않았다.

세상사가 시끄러운데 비사문에만 틀어박혀 있다 보니 답답해서 장난 좀 친 것뿐이었는데 반응이 예상 이상이니 사정혜는 속이 바짝 탔다. 이렇게까지 냉담하게 구는 검제를 보는 것은 처음이었다.

아랫입술을 깨물은 사정혜는 보폭을 늘렸다. 어찌어찌 검제의 바로 옆까지 따라붙은 뒤에 옆얼굴을 훔쳐보며 다시 물었다.

"화…… 난 건 아니지…… 요?"

다시 어색한 존댓말을 꺼내며 불안한 시선을 보냈지만, 검제는 여전히 앞만 보고 걸었다. 마치 사정혜를 없는 사람 취급하는 것 같았다.

풀이 죽을 대로 죽은 사정혜는 어깨를 축 늘어트렸다. 하지만 그것도 잠시뿐, 이내 눈을 크게 떴다. 검제의 입술 끝이 살짝 말려 올라간 것을, 억지로 웃음을 참고 있는 것을 눈치챘기 때문이었다.

"이 바보!"

사정혜가 바짝 약이 올라 소리치자 검제는 그제야 웃음을 터트렸다. 본래는 정말로 크게 혼을 낼 생각이었는데 사정혜가 하는 모양새가 너무 귀여워 화를 낼 수가 없었다. 자신보다 스무 살 가까이 어린 여아에게 이렇게 빠져들다니, 검제 자신도 문제는 문제였다.

"혜아야, 서두르자."

언제 웃었냐는 듯이 다시 진중한 얼굴로 돌아간 검제가 그리 말하며 발걸음을 더욱 빨리했다.

사정혜는 그런 검제의 등을 손바닥을 찰싹 두드렸다.

"검제와 사정혜는 아직 비사문에서 소꿉놀이 중인 것 같다."

"그 둘 말이야, 나이 차가 근 이십 년 나지 않나?"

아랑과 애묘는 선실 창가에 서로를 마주 보고 앉아 바둑을 두었다. 물 냄새가 깊게 배인 바람을 만끽하던 아랑은 눈동자만 살짝 굴려 애묘를 보았다.

이십 대 후반에서 삼십 대 초입, 성숙한 여인의 향기

가 물씬 나는 외모는 수십 년이 지난 지금도 변함이 없었다.

애묘가 나이를 언급한 이유는 무엇일까?

아랑은 애써 헛기침을 토했다.

"허허, 나이는 숫자에 불과하지."

"그 중매 솜씨가 어련하시겠어."

대놓고 싫어하진 않았지만 알게 모르게 청조에 대해 불만을 표하는 애묘였다.

아랑이 일부러 들으라는 듯이 말했다.

"시누이가 따로 없군."

"정말로 이어지면 내가 시누이 맞는데?"

그러고 보면 맞는 말이었다. 잠시 선실 구석에 혈이 눌린 상태로 나뒹굴고 있는 도철에게 시선을 준 아랑은 짧게나마 청조에게 명복을 빌어 준 뒤 바둑판을 내려다보았다. 두 사람 모두 대강대강 두고 있었기에 전장은 말 그대로 엉망진창이었다.

아랑이 백돌을 집었다.

"신조, 마음 잘 추스르고 있겠지?"

"애도 아니니까. 내내 분노를 표해서는 먼저 지치고 말아. 이번 일은 단기간에 해결을 볼 수 없다는 걸 녀석도 아니까…… 알아서 잘하고 있을 거야."

맹저와 뇌호의 죽음에 분노하는 것은 당연했다. 하지만 그 분노에 집어삼켜져서는 안 되었다. 두 사람의 죽음을, 복수해야 한다는 사실만을 머리에 남기고 감정은 가슴 깊은 곳에 묻어 두어야 했다. 그렇지 않으면 견딜 수 없을 테니까. 복수에 눈이 멀어 일을 제대로 성사시키지 못할 테니까.

"그래. 여유 부리는 것도 한때뿐이지."

황실까지 갈 것도 없이 광룡과 암룡만으로도 십삼조보다 수십, 수백 배는 더 강력한 힘을 가진 '조직'이었다. 그리고 십삼조는 그런 두 조직을 단 세 사람의 힘으로 와해시켜야만 했다.

당연히 정공법만으로는 답이 없었다. 계란으로 바위를 치는 대신 다른 방법을 모색해야만 했다.

"낚시, 성공할 수 있겠지?"

애묘가 물었다.

아랑은 백돌을 바둑판에 올려놓았다.

"성공해야만 해. 아니, 성공할 거다."

능글맞게 웃지 않았다. 죽은 십삼조와 살아남은 십삼조 모두를 위한 계책이었다.

아랑의 얼굴을 살짝 올려다본 애묘가 푸근하게 웃었다.

"좋겠어, 노년의 멋도 나고."

"그렇다고 반하진 말고."

언제 진지했냐는 듯 아랑이 다시 낄낄거렸다.

애묘는 한숨과 함께 고개를 내저었다.

"그럼 그렇지. 늙어도 어째 똑같니."

"너야말로 어찌 그렇게 똑같냐."

아랑 자신은 늙기라도 했는데, 애묘는 언제 보아도 똑같은 모습이었다. 신조처럼 환골탈태를 한 것도 아니었고, 주안술로 얼굴을 꾸민 것도 아니었다. 스승님께 물려받은 애묘만의 절기로 젊은 외양을 유지하는 것이었다.

애묘는 입술을 살짝 깨물었다.

"똑같아야지. 똑같아야 해."

아랑은 이유를 묻지 않았다. 여전히 답답하기만 한 그녀에게 평생 했던 소리를 또 하는 대신 다른 이야기를 꺼냈다.

"천마회가 예상보다 더 강해."

태양궁의 소식은 아랑의 정보망에도 들어왔다. 애묘

역시 미간을 찌푸렸다.

"태양궁주를 이십 수 안에 제압할 정도면 적어도 사황이나 오제에 준하겠지?"

사황오제삼신이라 함께 엮어 부르고 있으나 사황오제와 삼신 사이에는 뚜렷한 무위의 격차가 존재했다.

아랑은 다시 바둑판을 보았다. 자신이 알고 있는 사황오제의 강함을 되짚으며 입술을 벌렸다.

"그 이십 수가 어떤 식이었는지를 알 수 없으니 속단할 순 없지만 말이야."

이십 수만으로 제압할 수 있던 것인가, 그렇지 않으면 이십 수를 받아 준 것인가.

전자라면 사황오제에 준할 것이었고, 후자라면 삼신조차 위협할 수준일 터였다.

"천마회, 전대의 마인들…… 도를 썼다면 역시 가장 가능성 높은 건 '그'인가?"

애묘가 오랜 기억 하나를 발굴해 냈다. 이십 년 남짓한 과거의 일이었다.

"아마도. 그리고 그렇기를 바라."

그래야만 당대의 도황을 보다 더 이용해 먹을 수 있을 테니까.

뒷말은 육성으로 말할 필요가 없었다. 아랑의 눈동자를 바라본 애묘가 입꼬리를 비틀었다.

"우리 아랑 오라버니 참 못됐네."

"이용할 수 있는 것은 모두 이용해야 하니까."

애묘가 흑돌을 놓았다.

아랑이 빠르게 백돌로 응수했다.

두 사람은 심심파적으로 두고 있는 바둑에서 시선을 떼 서로를 보았다.

"일단은, 신조에게 달렸군."

애묘는 굳이 답하지 않았다. 천검문에서의 용무가 끝났으니 하루 빨리 신조에게 합류해 힘이 되어 주어야 했다.

두 사람은 창밖을 보았다. 강바람이 차가웠다.

◉

"죽겠군."

낮게 중얼거린 신조는 다시 한 번 운기조식에 몰입했다. 겉으로 보기에는 곧 죽을 폐인처럼 보여야 했지만, 내실은 단단히 다져 놓아야 했다.

뇌옥에 수감된 지 벌써 오 일이 지났다. 앞으로 하루에서 이틀이면 암영과 암룡의 정예가 녹림채에 당도할 터였다.

사실 이번 작전은 다소 즉흥적인 구석이 있었다. 넓고 멀리 보아 깔아 둔 포석이었는데, 포석을 깔자마자 암영이 걸려들었으니 말이다.

'아니, 어쩌면 아랑 형은 지금 상황을 예상했을지도 모르지.'

대주 둘이 죽은 상황이라 암룡에서 암영이 나설 것이란 것은 불을 보듯 빤하였으니 말이다.

신조 자신과 합류하기 전 아랑은 다른 십삼조들의 흔적을 쫓았을 것이 분명했다. 어쩌면 이제 와서 다시 요호가 머물렀다는 곳에 가 요호를 수탐하는 것은 무의미한 일일지도 몰랐다.

그저 살아 있기를, 어딘가에 잘살고 있기를 바라는 것이 최선이란 생각도 들었다.

요호의 남편은 평범한 사람이었다. 주변에서 이름깨나 알아주는 재력가를 평범하다 말하는 것은 지나친 비약일지 모르지만, 적어도 무림이나 황실과는 조금도 연관이 없는 사람이었다.

요호는 아이를 둘 낳았다. 첫째는 아들이었고, 둘째는 딸이었다.

요호는 행복했을 터였다. 아이를 낳아 기르고, 그렇게 자란 아이가 새로운 이와 만나 혼약을 치르는 것도 보았을 터이니 행복했을 것이 분명했다.

요호는 왜 행방불명이 된 것일까? 그녀가 몸담았던 가문에는 아무런 문제가 없는 것일까?

아랑에게 묻지 못했다. 아랑도 먼저 이야기해 주지 않았다. 도착하면 직접 두 눈으로 확인할 생각이었다.

신조는 한숨을 길게 토했다. 요호에 대한 생각을 겨우 일단락 지었더니 새삼 청조가 걱정되었다. 늙으면서 늘어난 것은 걱정뿐인 것 같았다.

'잘 있으려나.'

펑펑 울며 어쩔 줄 몰라 하던 마지막 모습이 떠올랐다.

색마라 타박하긴 했지만, 그리고 실제로 도황이 색을 즐기는 것도 사실이었지만, 도황은 결코 여자를 강제로 범하지 않았다. 그러니 청조도 별일 없을 터였다. 그래야만 했다.

헤아려 보면 참으로 묘했다. 청조와 신조 자신은 대

체 어떤 관계인 것일까.

비록 반로환동과 환골탈태로 젊어졌다 하나 신조 자신은 노인이었다.

청조는 아랑의 속셈을 알고 있는 것일까? 신조 자신을 어떻게 생각하는 것일까?

남자가 아니라 스승이나 아버지 같은 존재로 여기는 것일지도 몰랐다. 아니, 그럴 가능성이 더 클 것 같았다.

'내가 청조를 여자로 보고 있긴 한 건가……'

반로환동이 어떤 계기가 된 것일까, 아니면 정말로 세월이 모든 것을 해결해 준 것일까?

변함없는 애묘를 보면 지금도 가슴이 두근거렸지만, 옛날과는 달랐다. 불가능한 일이었지만, 지금 다시 맹저를 만난다면 이번에는 그 마음을 받아들일 수 있을 것도 같았다.

신조는 쓰게 웃었다.

심마가 따로 없었다. 하지만 이러한 감정 모두가 신조 자신의 것임을 잊지 않았다.

신조는 눈을 감았다. 다시 한 번 감정을 갈무리했다. 마음 깊이 묻어 둔 맹저와 뇌호의 죽음을 다시 한 번

봉했다.

"무념무상의 경지? 초탈한 자? 적어도 네가 배운 것들 가운데 그러한 것을 필요로 하는 것은 없다. 나는 너희가 인간이란 사실을 잊지 않았다. 너희의 감정에 솔직해져라. 삶이란 것을 살아가라."

여느 무인들과 너무나 달랐던 스승님의 가르침이 머리를 스쳤다.

희로애락에 충실하라고 늘 말씀하셨던 스승님.

신조는 고개를 뒤로 젖혀 천장을 보았다. 다시 한 번 운기조식에 심취했다.

녹림채의 우두머리는 분명 녹림왕 고대협, 즉 도황이었지만 실질적으로 녹림을 운영하는 것은 도황의 오른팔이라고도 불리는 칠정도(七情刀) 종목이었다. 종목은 본래 명문정파의 촉망받는 후기지수였으나, 색을 밝히던 끝에 크게 사고를 치고 쫓겨나 사파까지 흘러들어온 인물이었다.

도황은 종목을 신뢰했고, 매사를 그와 함께 의논했

다. 때문에 종목이 모르는 도황의 일은 거의 없다고 해
도 과언이 아니었다. 전부가 아니라 거의 말이다.

"대체 받기로 한 게 무엇입니까?"

종목은 다소 뚱뚱한 체형의 남자였지만 그 눈빛만은
명공이 날을 세운 도검처럼 날카로웠다. 도황은 높은
단 위에 놓인 의자에 반쯤 누워 옥으로 만든 주사위를
만지작거렸다. 주군에게 날카로운 시선을 보내는 건방
진 수하에게 적당히 답했다.

"좋은 거."

종목은 흥분하지 않았다. 도황과 함께해 온 세월이
벌써 몇 년이던가. 입을 열어 다른 말을 꺼냈다.

"그 좋은 것은 녹림 전체에 이로운 것입니까?"

"아니, 나만 좋은 거."

옥으로 만든 주사위가 도황의 손에서 서로 맞부딪치
며 듣기 싫은 소리를 냈다.

종목이 미간을 찌푸렸다.

"실패하면 우리 녹림이 받을 피해가 얼마나 클지 인
지하고 계십니까?"

"물론이지. 정확히는 몰라도 대강은 알지."

"그래도 강행하시려는 겁니까?"

주사위가 내던 시끄러움 소음이 사라졌다. 도황이 삐딱하게 고개를 기울여 종목을 보았다. 조금도 변하지 않은 그 모습과 시선에 피식 웃었다.

"까짓거, 피해가 돌아오면 받지 뭐."

종목의 이마에 주름이 그어졌다.

도황은 예전부터 이러했다. 녹림의 수장임에도 불구하고 녹림에 애정이 없었다. 도황에게 있어 녹림은 그저 '스승과 사형 대신 맡아 주고 있는 곳'에 불과했다.

"그런데 말이다."

도황이 다시 주사위를 손바닥 안에서 굴리기 시작했다. 허리를 곧이 세워 바로 앉은 뒤 다리를 꼬았다.

"나는 그다지 실패할 거란 생각이 들지 않아."

종목은 눈을 감았다. 숨을 길게 토한 뒤 자리에서 일어나 도황을 정면에서 마주했다.

"채주, 이번 작전만을 이야기하는 것이 아닙니다. 십삼조가 정말 암룡을, 나아가 광룡을 무너트릴 수 있다고 생각하십니까?"

이번 작전 한 번의 성패가 중요한 것이 아니었다.

광룡과 암룡을 무너트릴 수 있는가. 정파구주나 사파칠주에 속한 문파 하나보다 더 큰 힘을 가진 그 세력을 단 셋이서 격파할 수 있는가.

하지 못한다면 이 일은 언제고 화가 되어 녹림을 덮칠 것이 분명했다.

도황은 즉답했다.

"물론이지, 물론이야."

농담이 아니었다. 진심이었다.

"'그 사람'의 제자들이니까. 혼자도 아니고 셋이 뭉쳤는데 그 정도도 하지 못할 리가 없어. 하지 못해서는 안 돼."

도황은 십삼조의 스승을 직접 보진 못했다. 하지만 그에 대해 십삼조가 모르는 것을 알고 있었다. 그렇기에 '그'의 제자들인 십삼조에 각별한 시선을 보낼 수밖에 없었다.

"그러니 종목, 언제나처럼 날 믿고 따라와라."

종목은 도황이 종종 언급하는 십삼조의 스승을 몰랐다. 거의 찬양에 가까운 도황의 태도 때문에 대단한 사람이라는 사실 하나만을 알 뿐, 과거 행적은커녕 이름자 하나 알지 못했다.

하지만 결국 고개를 끄덕였다. 도황의 말마따나 늘 믿고 따르지 않았던가.

"녹림채 부근에 암룡 놈들이 진을 펼치기 시작했습니다."

"허허, 암영 고놈, 조심성 많기는. 규모는 얼마나 되나?"

"일백 명 정도로 추정됩니다."

"놈 성격상 못해도 삼백은 동원하고 싶었을 터인데, 그래도 우리 체면 신경 좀 써 준 건가?"

도황은 자리에서 일어섰다. 언제나 믿음직한 수하 종목에게 물었다.

"그럼 접선은 내일인가?"

"아마도 그럴 것 같습니다. 내일 오전 중에 서신이 도착할 공산이 큽니다. 시간 차 없이 바로 일을 진행하겠죠."

"재미있겠군."

도황은 더는 말을 늘이지 않았다. 텅 빈 의자에 주사위를 던진 뒤, 종목과 함께 방을 나섰다.

☯

일백의 무리가 녹림채와 백룡강 사이를 잇는 길에 진

을 펼쳤다. 그들 가운데 일부만이 스스로가 암룡임을 알았고, 대다수는 그 사실을 몰랐다. 하지만 그것은 중요하지 않았다. 이 자리에 모인 일백이 제 역할을 수행하기에 충분한 기량이 있다는 사실만이 중요할 뿐이었다.

암영은 배에서 내려 육로를 걸었다. 암영이 가장 신뢰하는 네 명의 수하가 그런 암영을 칠 보 밖에서 호위했다.

암영은 본래 이렇게 세를 드러내는 것을 좋아하지 않았다. 암룡의 행사는 어둠 속에서만 일어나야 한다고 생각했기 때문이었다. 하지만 상대는 사황오제삼신 가운데 하나인 도황이었고, 이곳은 놈의 본거지였다.

암영보다 오십 보 앞서 나간 암룡 요원 열은 도황과 약조한, 예물이 가득 담긴 수레를 몰고 나갔다. 얼핏 보면 힘깨나 쓰는 상단이 녹림에 통행세를 지불하러 행차하는 것이라 생각할 만한 모습이었다.

넓게 트인 강변을 지나 산길로 이어지는 길에서 암영은 걸음을 멈추었다. 미리 파견한 인원들이 몸을 숨기고 있는, 도황과 약조한 장소였다.

앞서 수레를 끌고 나갔던 수하들은 녹색 무복을 입은

녹림의 무리들과 말없이 얼굴을 맞대고 있었다. 딱 맞추기라도 한 듯 녹림 측도 열 명이었다.

암영은 시선을 좀 더 멀리했다. 지붕 없는 화려한 가마와 그 가마 주위를 호위하는 일단의 무리들이 눈에 들어왔다.

장정 열댓 명이 달려들어 들고 있는 큰 가마 위에 탄 것은 도황이었다. 당연하다는 듯이 앉은 자리 양옆으로 여인을 셋이나 끼고 있었다. 가마 주위에 자리한 인원은 어림잡아 백 명이 조금 안 되어 보였다. 아무래도 인원을 일부러 이쪽에 맞춘 눈치였다.

암영은 그저 담담히 서서 도황의 무리가 다가오기를 기다렸다. 애당초 이곳은 놈들의 영역이니, 이 정도면 저쪽도 나름대로 예를 갖추었다고 볼 수 있었다.

도황의 가마가 수레로부터 이십 보 앞에 멈추었다. 암영 또한 수레와 이십 보 정도 떨어진 곳에 자리를 잡았으니 사십 보라는 멀다면 멀고, 짧다면 짧은 거리를 두고 서로를 마주한 셈이었다.

도황이 가마 위에서 암영을 내려다보았다.

"먼 길 오시느라 고생이 많으셨소."

거드름이 잔뜩 어린, 오만방자한 태도였다. 하지만

암영은 노여워하지 않았다. 경지에 오른 무인이라 하나 사파는 결국 사파임을 모르지 않기 때문이었다. 특히나 도황은 근본을 따지면 결국 산적에 불과한 자였다. 암영은 차가운 눈으로 도황을 올려다보았다.

"거래를 마무리 지읍시다."

암영 또한 예를 보이지 않았다.

도황은 키득 웃었다. 손짓을 해 가마를 땅에 내리게 한 뒤 수레 너머로 암영에게 말했다.

"물건부터 확인을 해 주시오."

"그쪽은?"

"반로환동해서 얼굴이 완전히 변했는데, 알아보실 수는 있겠소?"

암영은 눈을 가늘게 떴다. 그 역시 신조가 반로환동했다는 정보는 접한 지 오래였지만, 그렇다 하여 신조를 분별하지 못할 거라 생각하진 않았다.

"도황이 눈 가리고 아옹에 가까운 수작질을 할 것이라 생각하지 않소. 그리고 나는 그의 젊은 시절 얼굴을 아오."

도황은 어깨를 으쓱였다. 도황 역시 암영과 마찬가지로 신조의 젊은 시절 얼굴을 알긴 했지만 그 얼굴조차도 화상을 입은 이후의 얼굴이었다. 눈썹만 달라져도 사람을 알아보기 힘들거늘, 화상이 있고 없고 차이는 얼마나 클 것인가.

하지만 도황은 순순히 손을 들어 수하들에게 신호를 보냈다. 어찌 되었든 신조임을 알아보는 거야 암영의 일이었으니 말이다.

"혈을 짚는 걸로는 안심이 안 돼서 근육을 좀 망가트렸소."

녹림 무사 둘에게 양팔을 붙들린 신조가 모습을 드러냈다. 짧은 쇠사슬로 양팔과 양다리를 봉했는데, 걷는 모양새가 무척이나 부자연스러웠다.

암영은 신조를 똑바로 쳐다보았다. 입술이 마르고 눈이 퀭한, 지친 기색이 만연한 얼굴을 들여다보며 말했다.

"우리 쪽 물건도 보여 주겠소."

암룡 요원들이 수레에 실린 궤짝들을 하나하나 열어 안을 보여 주었다. 환금성이 높은 금과 은이었다.

"확실하군. 현물거래는 언제나 좋은 법이지."

도황이 다시 신호를 보내자 신조의 양팔을 붙들고 있던 무사들이 뒤로 물러섰다. 지탱해 주는 이가 사라지

자 신조는 그대로 힘없이 바닥에 주저앉아 일어서지 못했다.

암영 또한 신호를 보냈다. 수레를 지키던 요원들이 신조 주위를 에워쌌다.

"아, 잊을 뻔했군."

도황이 돌연 앉은 자리에서 일어섰다. 암영을 비롯한 모두의 시선이 자신에게 쏠리자 껄껄껄 웃으며 옆에 끼고 있던 여인 하나를 암영 쪽으로 집어 던졌다.

어떤 수를 썼는지 사람이 아니라 흡사 비수처럼 암영을 향해 여인이 직선으로 나아갔다. 암영의 정면에 있던 호위 하나가 급히 손을 놀려 여인의 허리를 낚아챘지만, 던져진 힘을 감당치 못해 두어 걸음 뒤로 물러설 수밖에 없었다.

암영이 무어라 하기도 전에 선수를 치듯 도황이 빠르게 말했다.

"신조의 여자요. 내가 신조를 아는 만큼 당신도 신조를 안다면, 놈의 입을 여는 데 꽤나 도움이 될 거요."

암영이 눈살을 찌푸리며 호위에게 붙잡힌 여인을 보았다. 제법 미색이 고왔는데, 신조와 마찬가지로 팔과 다리에 쇠사슬을 감고 있었다.

도황이 덧붙였다.

"그리고 명기이기도 하지."

도황의 이전 별호 가운데 '색마'가 들어 있다는 사실을 익히 알고 있는 암영이었다. 노골적으로 드러내진 않았지만 일말이나마 불쾌함을 표출했다. 무림, 그중에서도 사파에 있어 중요한 것은 인격보다는 무위임을 잘 알고 있었지만, 도황이라고까지 불리는 자가 이토록 천박하게 구니 한심함과 불쾌함에 헛소리가 절로 나올 지경이었다.

그리고 그랬기에 일말이나마 틈을 허용하고 말았다.

호위의 품에 안겨 있던 여인이 팽이처럼 몸을 회전시켰다. 단숨에 호위의 품에서 벗어나 암영을 향해 일직선으로 나아갔다.

겨우 네 걸음 거리였다. 불의의 기습에 암영은 급히 숨을 삼켰다. 여인의 손끝을 똑바로 노려보며 손을 놀렸다.

그 격돌, 그 짧은 시간.

그 자리에 있던 모든 이들의 시선이 암영과 여인에게 모였다고 해도 과언이 아닌 그때에 신조가 움직였다.

숨을 들이쉬는 순간 불사신조 일식이 발동했다. 신조

가 머물렀던 자리에 붉은 잔영이 어렸다. 암영과 여인에게 모였던 시선 가운데 일부가 신조에게 돌아갔을 때는 이미 자신을 에워쌌던 무리들을 지나 암영의 호위들 사이로 파고든 이후였다.

동시에 여러 가지 일이 일어났다.

여인이 내뻗은 손끝에서 암기가 발사되었다. 암영은 동작을 크게 하지 않았다. 고개만 살짝 기울여 암기를 피했다. 그대로 한 발 앞으로 나아가 여인과의 거리를 더욱 좁혔다. 여인의 가슴에 일장을 꽂아 넣고자 했다.

호위들이 급히 신조를 향해 돌아섰다. 저마다의 무기를 뽑아 들었다. 하지만 신조는 그들에게 신경을 쓰지 않았다. 일장을 내뻗기 직전인 암영을 향해 비수를 던졌다.

암영이 즉각 반응했다. 여인의 가슴팍을 향했던 손을 급히 회전시켜 신조의 비수를 떨쳐 냈다. 하지만 그 대가로 자세가 무너지고 말았다.

신조가 한 발을 더 내딛었다. 암영이 아닌 여인에게 쏜살같이 달려들어 그 허리를 낚아챘다.

느리게 흘렀던 시간이 다시 본래의 흐름을 되찾았다. 호위들은 암영을 둘러싸며 여인을 끌어안은 채로 자세를 바짝 낮춘 신조를 경계했다. 암룡과 녹림의 무리 모두가 제각기 무기를 뽑아 들어 서로를 노려보았다.

암영이 인상을 찡그렸다. 애당초 눈속임이었는지 깨끗이 끊어진 상태로 신조의 팔과 다리에 매달린 쇠사슬을 보았다. 낮게 으르렁거렸다.

"수가 얕아."

"고대협, 그놈 계획이 늘 이렇지."

신조도 이를 으득 갈았다. 이렇게 보는 이가 많은 곳에서 암영과 싸우는 것은 계획에 없는 일이었다.

"그러게 말이에요. 안 구해 줬으면 꼼짝없이 죽을 뻔했네."

신조의 품에서 여인이 새침하게 말했다. 신조도 난생처음 보는 여인이었다. 몸을 살짝 틀어 신조의 품에서 벗어난 여인은 혀끝으로 아랫입술을 살짝 핥으며 말했다.

"홍초예요. 도황 어른 왼쪽 새끼손가락쯤 되죠."

신조는 여인의 허리에서 손을 놓았다. 소맷자락에서 다시 비수 하나를 꺼내 들며 주위를 감지했다. 그야말로 일촉즉발, 당장에라도 터질 것 같은 살기가 주위에 가득했다.

암영은 신조에게서 시선을 떼지 않았다. 허리에 찬 검 손잡이에 손을 올리며 말했다.

"도황, 우리에게 적대하겠다는 거요?"

암영은 상황을 빠르게 점검해 보았다. 도황이 난입하면 어찌 될 것인가. 지금 이 자리에서 암룡과 녹림채가 싸우면 어떤 결과가 야기될 것인가. 도황은 어째서 암룡이 아닌 신조와 손을 잡았는가. 악수에 가까운 이 행동이 의미하는 것은 무엇인가.

비합리적이었다. 암룡을 쳐 내고 신조와 손을 잡는 것도 그랬지만, 지금 이 순간에 싸움을 벌인다는 것은 너무나 비효율적이었다. 암룡의 일주인 암영을 붙잡겠다고 펼친 함정치고는 너무 조악했다.

도황은 대답하기 앞서 양팔을 크게 벌렸다. 흉흉한 분위기에 겁을 먹고 벌벌 떠는 여인들의 어깨를 끌어안으며 키득거렸다.

"떠먹여 줄 생각까지는 없거든."

누구에게 하는 말인지는 명백했다. 암영은 적어도 도황이 당장은 나설 생각이 없다는 것을 인지했다. 상식을 벗어난 그의 행보에 욕지거리를 토하는 대신 짧게 말했다.

"후회할 거요."

"그럴지도 모르지. 일단은 신조 솜씨 구경 좀 하자고."

녹림 무사들이 뒤로 한두 걸음씩 물러섰다.

암영은 숨을 깊이 삼켰다. 신조를 쳐다보았다.

십삼조의 신조.

거의 같은 시대를 살았기에 암영은 신조를 알았다. 신조 또한 암영을 알았다.

시선의 교차, 그리고 어느 한순간.

암영과 신조, 암룡 모두가 움직임을 개시했다.

　

의도하지 않은 상황에 직면했을 때, 그것도 극복하기 힘든 위기가 더해졌을 때.

어떻게 행동할 것인가. 무엇을 생각해야 하는가.

우선순위를 명확히 해야 했다. 궁극적으로 해 내야 할 목표를 선정해야만 했다.

이 자리에서 탈출하는 것이 목표인가, 아니면 암영을 쓰러트리는 것이 목표인가.

오래 생각할 시간 따위는 존재하지 않았다. 지면을

박차는 순간, 신조는 결정해야 했다. 이성이 아닌 경험
과 감각이 판단을 주도했다.

무엇이 최선의 길인가, 어디까지 해낼 수 있는가.

신조는 홍초를 도황 쪽으로 강하게 밀쳐 냄과 동시에
정면으로 치달렸다. 신조의 두 눈이 암영의 움직임을
놓치지 않았다.

암영은 몸을 뒤로 날렸다. 스스로가 무리의 수장임을
자각하는 그는 위험을 감수하고 신조와 직접 대결을 펼
칠 생각 같은 것은 하지 않았다. 이 자리에 끌고 온 일
백여 병력으로 신조를 제압하는 것이 그의 계획이었다.

암영의 호위 넷은 시간 차를 두고 신조에게 달려들었
다. 근방에 잠복해 있던 무리들 역시 훈련받은 대로 행
동을 개시했다.

일백 대 하나의 싸움.

신조가 제아무리 반로환동과 환골탈태를 통해 강해
졌다 한들 홀로 이 모두를 이겨 낼 수는 없었다. 이 무
리들을 헤치고 나와 암영 자신을 노리는 것 또한 불가
능했다.

하지만 이러한 암영의 생각에서 어긋난 것이 하나 있
었다.

신조의 빠르기였다.

붉은 잔영.

호위들이 볼 수 있던 것은 그것뿐이었다.

신조는 순식간에 호위들 사이로 파고들었다. 호위들이 다급히 신조의 공격에 대비했지만, 소용없는 일이었다. 신조는 호위들을 무시했다. 그들을 향해 비수를 뿌리는 대신 다시 한 번 지면을 박찼다.

암영은 자신을 향해 쇄도하는 신조를 보았다. 반응할 수 있던 것은 오랜 수련과 본능 덕분이었다.

신조의 비수와 암영의 검이 충돌했다. 암영의 두 눈에는 당혹감이 어렸다. 신조의 신법이 황실제일이란 것은 알았지만, 그렇다 해도 너무 빨랐다.

카르릉!

암영의 검신을 따라 신조의 비수가 미끄러졌다. 신조는 암영에게 일수를 더 뻗는 대신 허공으로 솟구쳐 올랐다. 반전한 암영의 호위들 때문이었다.

호위들의 검이 허무하게 허공을 갈랐다. 단번에 오장여 이상을 솟구친 신조는 객관화된 시선으로 주변 모두를 관찰했다.

일백 대 하나.

하지만 아니었다. 공간을 어떻게 활용하느냐에 따라 순간이나마 다섯 대 하나 혹은 하나 대 하나를 형성할 수 있었다.

도황은 지켜보고 있었다. 녹림의 무리들 또한 그러했다.

암영은 당황 때문에 잠시 발을 멈추었다. 호위를 비롯한 암룡의 무리 모두가 신조를 올려다보았다.

신조는 공중에서 몸을 틀었다. 양 소맷자락에 감추고 있던 암기들을 일시에 방출했다.

강철의 비가 쏟아졌다. 하지만 일전에 도철의 수하들을 상대했을 때처럼은 되지 않았다. 암영의 직속 호위들은 저마다 검을 놀려 암기를 막아 냈다. 암영에게는 아예 암기가 닿지 못했다.

신조가 추락을 개시했다. 잠시 발을 멈추었던 암영이 퍼뜩 정신을 차리고 다시 뒤로 물러서고자 했다. 암기에 놀라 다가서지 못했던 암룡의 무리들 또한 재차 지면을 박찼다.

신조는 그 모든 것을 보았다. 그리고 그랬기에 시선을 돌렸다.

"받아요!"

신조가 공중으로 치솟았을 때 이미 채비를 갖추었던 홍초가 신조를 향해 검을 집어 던졌다. 치솟는 과정이 아닌 추락하는 과정이었기에 검을 알맞게 던지는 것도, 붙잡는 것도 어려운 일이었지만 검은 거짓말처럼 신조의 손에 안착했다.

지면이 이제 멀지 않았다. 암룡의 무리들은 달렸고, 호위들은 신조가 추락하는 순간을 노리기 위해 저마다 자세를 잡았다.

그리고 신조가 허공을 박찼다.

공중으로의 재도약이 아니었다. 추락을 가속화시켰다. 호위들이 진을 치고 있는 너머의 지면을 향해 대각선으로 쏟아져 내렸다.

발 딛을 곳 하나 없는 허공에서는 제아무리 경공의 고수라 할지라도 행동에 제약이 뒤따르기 마련이었다. 때문에 신조의 재도약은 전혀 예상 밖의 것이었다.

상식을 벗어난 상황은 일순이나마 호위와 암룡의 무리들을 붙잡았다. 그리고 신조는 그 일순만큼의 시간동안 자유로울 수 있었다.

신조가 두 발에 힘을 주었다. 이번 기회가 마지막이었다. 이번에도 실패하면 그때는 더 이상 암영과 호위들의 허를 찌를 수 없었다. 몰려든 암룡의 무리들에 파묻힐 뿐이었다.

시각보다 기감이 먼저 암영의 위치를 읽어 냈다. 신조는 암영이 물러서고 있음을 알았다. 호위들도 급히 반전할 것이란 사실을 잊지 않았다.

때문에 방법은 하나뿐이었다.

더 빠르게.

좀 더 빠르게!

불사신조, 비상의 법.

신속(神速).

적룡과 대적했을 때 단초를 잡았다. 황룡과 맞서 싸웠을 때 그 묘리를 체득했다. 그리고 그랬기에 지금 완벽하게 펼칠 수 있었다.

순간이지만 적룡의 눈을 벗어날 수 있던 신속의 신법!

신조가 사라졌다. 암영과 호위들에게는 그렇게 느껴졌다. 자세를 바짝 낮춘 신조가 다시 나타난 것은 암영의 지척이었다. 신조의 등 뒤로 붉은 기운이 불꽃처럼 흩날렸다.

암영과 신조의 시선이 교차했다. 찰나에 서로의 감정을 읽었다.

암영은 암룡제일의 살수였다. 전대 암영의 모든 것을 물려받은 남자였다. 급하게나마 최선의 수를 펼치기 위해 몸을 움직였다. 신조는 그것을 보았다. 신조의 뇌리에 많은 생각이 스쳤다.

암영을 인질로 잡아 이 상황을 타개하는 것이 가능한가?

그를 설복하는 것이 가능한가?

이미 암화는 이 싸움을 세작을 통해 지켜보고 있지 않을까?

일수로 암영을 죽이지 않고 제압하는 것이 가능한가?

사고의 과정은 필요하지 않았다. 답은 처음부터 정해져 있었다. 신조는 자신이 가진 최강의 절기를 펼쳐 보였다.

일검이었다. 섬광과도 비견될 곧고 빠른 찌르기였다.

가루라.

불꽃이 암영의 기세를 집어삼켰다. 광포한 질주가 암

영의 방비를 단박에 깨트렸다.

신조의 검이 암영의 가슴을 파헤쳤다. 깊이 박혀 심장을 꿰뚫었다. 암영의 등 뒤로 붉은 기운이 폭발하며 만개했다.

신조는 급히 검에서 손을 놓았다. 암영의 최후를 지켜보지 않았다. 급히 회전해 자신에게 달려드는 암영의 호위들에 맞섰다.

비수는 이제 없었다. 검 또한 쓸 수 없었다. 하지만 신조는 두려워하지 않았다. 신조가 배운 것은 검이나 도가 아니었다. 사람을 죽이는 법이었다.

신조가 호위들의 품으로 파고들었다. 암영을 죽였으나 기실 지금부터가 더 위기였다. 하지만 신조는 조급해하지 않았다. 다른 것을 모두 제쳐 두고 암영만을 노린 것에는 이유가 있었다. 그리고 그런 신조의 기대에 부응하듯, 도황이 가마에서 일어섰다. 기운을 발산했다.

사황오제삼신 가운데 일인인 도황이었다. 서방제일도라 불리는 그가 존재감을 발산하자 주변 일대가 진감했다. 맹호의 포효를 마주한 산짐승들처럼 암룡의 무리들은 도황의 존재를 의식할 수밖에 없었다.

도황은 웃었다. 애도 수라를 뽑아 들며 명령했다.

"쳐라!"

대기하고 있던 녹림의 무리들이 일시에 병장기를 뽑아 들고 암룡을 공격했다. 난전이었다.

도황 역시 가마를 박차고 신형을 날렸다. 눈앞에 가로놓인 것들을 모조리 베어 넘기며 신조에게 똑바로 나아갔다.

신조의 주먹이 호위 하나의 가슴을 부쉈다. 도황의 도가 호위 하나의 몸을 양단했다. 신조와 도황이 서로를 마주했다. 도황은 기꺼움을 감추지 않았다.

"신조, 강해졌구나."

도황의 두 눈이 형형하게 빛났다.

신조는 차오른 숨을 골랐다. 도황을 똑바로 바라보며 전신에 일으켰던 붉은 기운을 갈무리했다.

주변에선 싸움이 계속되었다. 녹림도, 암룡도 서로 만만치 않은 무리들이다 보니 양측 모두 피해가 컸다. 하지만 도황은 조금도 신경 쓰지 않았다. 그저 신조에게 온 신경을 쏟아 부었다.

"그 무공의 이름이 무엇이지?"

"불사신조."

신조는 순순히 답했다.

도황이 크게 웃었다.

"그래, 이 정도는 되어야 '그'의 제자이지. 이 정도
는 되어야 '그'가 남긴 무공이지."

도황은 신조를 지나쳤다. 수라를 사방에 휘둘러 피바
람을 일으켰다.

신조는 눈을 감았다. 다시 한 번 숨을 고른 뒤 싸움
터가 아닌 쓰러져 누운 암영의 시신을 보았다.

암룡의 두 기둥 가운데 하나, 암룡제일의 살수. 실력
이 출중하고 매사에 조심성이 많아 이제까지 단 한 번
도 실패한 적이 없는 자였지만 이제는 모두 소용없는
소리였다.

오래 보아 온 자였지만 신조는 암영에게서 이렇다 할
감정을 느끼지 못했다.

"어그러져 버렸군."

신조는 암영의 가슴에 박힌 검을 뽑아 들었다.

제17막
천인회

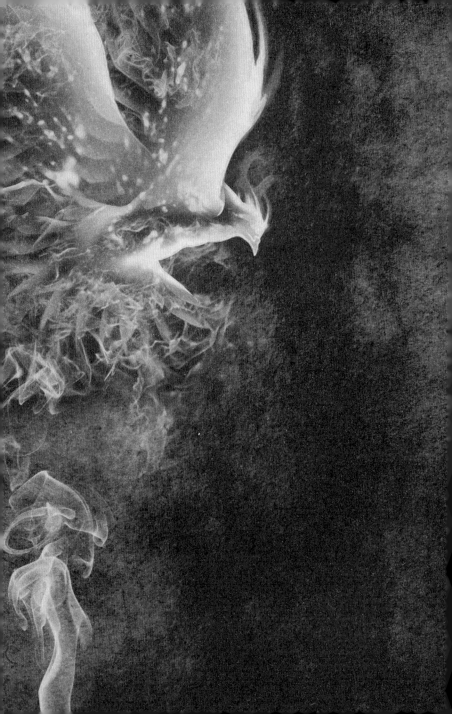

사실은 그렇게 떠나보내고 싶지 않았어.

— 창룡

☯

세간의 예상과 달리 영웅대회의 개회를 알리는 영웅
첩은 발부되지 않았다.

무림맹주 권신 혁린은 무림쟁주 직에서 전격적으로
물러섰다. 실질적인 힘은 없다 하나 명예롭기 이를 데
없는 무림맹주 직을 헌신짝처럼 내다 버린 그는 사람을

모았다. 무림맹주 혁린이 아닌, 사황오제삼신의 일원인 권신 혁린의 이름으로 새로운 단체의 발족은 선포했다.

천인회(千人會).

천마회에 맞서는 천 명의 무인, 천 명의 협객.

단순한 문파 간의 연합으로는 제 전역을 자유로이 오가며 변칙적인 공격을 해 오는 천마회에 맞설 수 없다는 것이 권신의 논리였다.

중앙에 자리한 대상단인 만금당이 권신을 후원할 것을 자처했다. 각지의 명문가들뿐만 아니라 중소 문파들 역시 권신을 지지하고 나섰다.

영웅첩 대신 천인회 참가를 촉구하는 협객첩이 발부되었다. 아직 제 전역이 아닌 중앙에서의 이야기이긴 했지만, 의와 협을 아는 자라면 마땅히 천인회에 가입해야 한다는 여론이 조성되었다.

권신 혁린은 천마회 사건의 시작이라 할 수 있는 서쪽 땅을 향해 움직였고, 나날이 세를 불려 나가는 천인회 역시 그 뒤를 따랐다.

☯

녹림의 피해는 컸다. 칠정도 종목이 나름 가려 뽑아 데려온 정예였지만, 정예를 데려와 진을 친 것은 암영도 마찬가지였다. 수장인 암영이 목숨을 잃지 않았거나, 도황이 직접 전장에 나서지 않았더라면 녹림의 승리를 장담하지 못했을 터였다.

넓은 도로에 시체가 가득했다. 코를 찌르는 지독한 피 냄새가 강한 바람을 타고 주변으로 번졌다.

암영이 데려온 인원은 거의 다 죽었다. 일부가 도주하긴 했지만, 종목이 미리 배치해 둔 매복 병력에 모두 죽을 것이 분명했다.

녹림도 많이 죽었다. 얼핏 헤아려도 마흔 명가량이 목숨을 잃었고 열댓 명 이상이 중상을 입었다.

신조는 검을 늘어트렸다. 이를 악물어 당장에라도 쓰러지려는 육신 붙잡은 뒤 도황을 보았다.

"대체 무슨 생각이냐?"

도황은 흉신악살과 같았다. 전신에 피를 뒤집어쓴 그 모습은 실로 투귀 수라였다. 그는 고개를 까딱이며 웃었다. 신조 곁으로 발걸음을 옮기며 말했다.

"난 아랑과의 약속을 지켰을 뿐이다. 네 앞에 암영을 데려다 주었지."

도황의 시선이 암영의 시신으로 향했다. 심장이 부서져 즉사한 시신은 눈조차 감지 못했다.

신조 또한 암영을 보았다. 절로 미간이 찌푸려질 수밖에 없었다. 암영과 함께 보낸 세월 때문이 아니었다.

"분명 생존자가 있을 거다. 아니, 생존자가 없더라도 이 싸움을 지켜본 자가 있을 거다."

본래 계획은 암영을 이용하는 것이었다. 암화와 대립 중인 그에게 광룡의 실태를 알려 암왕과 접촉하는 것이 최선이었고, 그것이 안 되더라도 최대한 많은 것을 알아낸 뒤 이용할 방안을 찾는 것이 차선이었다. 그런데 아무것도 할 수 없게 되었다. 이렇게 드러난 공간에서 암영과 싸웠으니 암화를 속일 수도 없었다.

도황이 홍초를 집어 던져 암습을 행한 그 순간, 신조는 하나밖에 없는 선택지를 강요받은 셈이었다.

"그래, 그러니 네가 암영을 죽인 거겠지."

도황은 키득거렸다. 사파, 그것도 자유롭기 짝이 없는 녹림의 인물인지라 도황은 평소에도 격식 같은 것과는 거리가 먼 인물이었다. 금은보화와 여자를 추구하며 자기 하고 싶은 대로 하고 사는 것이 도황의 삶이었다. 하지만 이번에는 분명 선을 넘어섰다.

녹림은 이번 일로 막대한 재화를 얻었지만, 그 뒤가 문제였다. 당장에 이번 전투 하나로 녹림이 입은 피해도 만만치 않았다.

"넌 녹림의 수장이다."

"그래, 사형 대신 이 짓을 하고 있지."

도황은 어깨를 으쓱였다. 애도 수라를 어깨 위에 얹으며 신조의 곁을 지나쳤다.

"광룡이었다면 나도 이렇게 하지 않았어. 하지만 암룡이잖나?"

황실의 드러난 검인 광룡과 숨겨진 검인 암룡.

하지만 결국 황실의 검이라는 사실은 변함없었다. 도황의 말마따나 광룡을 건드린 것보다는 나을 터였지만, 언제고 황실을 척진 대가를 치르게 될 것이 분명했다.

신조는 도황을 이해할 수 없었다. 아랑이 약속한 대가 하나 때문에 저렇게 행동했을 리가 없었다. 대체 무엇 때문인가. 설마하니 신조 자신의 싸움을 보고 싶었기 때문일까?

가능성은 낮았다. 도황이 원하는 것은 대체 무엇이란 말인가.

도황은 콧노래를 흥얼거렸다.

"애묘와 아랑도 곧 이곳으로 오겠지. 너도 돌아가서 오랜만에 네 여자나 달래 주는 것이 어때?"

신조는 결국 어깨를 늘어트렸다. 이미 일어난 일이었다. 아랑과 합류해 다음 수를 모색하는 것이 최선이었다.

'걱정되기는 하네.'

새삼 청조의 얼굴이 떠올랐다. 이번에도 만나자마자 펑펑 울며 가슴에 매달리려나?

상상하니 저도 모르게 표정이 누그러졌다.

도황은 그런 신조의 표정 변화에 소리 없이 웃었다.

"홍초가 안내할 거다. 난 여기 수습 좀 하고 갈 테니 먼저 돌아가 봐."

신조는 도황에게 대답하는 대신 발걸음을 떼었다. 도황이 전음을 보내기라도 했는지 저만치서 홍초가 신조를 향해 종종걸음으로 다가왔다.

칠정도 종목은 신조와 홍초에게 말을 한 마리 내주었다. 종목이 여기까지 타고 온 말이었다.

크게 내색을 하진 않았지만, 종목의 얼굴은 어두웠다. 아무래도 도황이 이 정도로 일을 크게 벌일지는 그도 몰랐던 모양이다.

신조는 종목과 더불어 도황의 돌발행동에 대한 한탄을 늘어놓는 대신 홍초의 인도에 따라 함께 말 위에 올랐다. 말이 한 마리뿐이기도 했고, 신조 본인도 워낙에 지쳤기 때문에 행동에 스스럼이 없었다. 내심 신조가 당황하거나 거부할 줄 알았던 홍초는 아무렇지 않게 등 뒤에 타서 자신의 허리를 붙잡고 자세를 잡는 신조의 모습에 당황 반, 즐거움 반이 섞인 미소를 흘렸다.

"싸움 봤어요. 너무 빨라서 제대로 보진 못했지만, 진짜 강하시네요."

사람을 둘이나 태웠건만 원체 힘이 좋은 말인지 거친 산길을 오르는 데도 부침이 없었다. 신조는 홍초의 등에 가슴을 살짝 기대며 물었다.

"홍초라고 했나?"

"네. 말씀드렸다시피 도황 어른의 왼쪽 새끼손가락쯤 되는 몸이죠."

웃음 섞인 목소리가 무척이나 발랄했다. 새삼 가늠하는 것도 우스웠지만, 아무래도 청조와 비슷하거나 살짝 연상인 것 같았다.

"검은 고마웠다."

"천만에요. 저야말로 구해 주셔서 감사해요. 대협께서 나서지 않으셨으면 죽은 목숨이었을 테니까요."

신조가 나서지 않았다면, 신조의 움직임이 조금만 늦었다면 홍초는 암영의 일장을 가슴에 얻어맞고 목숨을 잃었을 터다.

도황은 대체 무슨 생각이었을 것일까?

암영을 우습게 본 것일까, 아니면 신조 자신을 믿었던 것일까?

어느 쪽이든 썩 유쾌하지 않았다.

기분이 좋지 않은 것은 기실 홍초도 마찬가지였다. 명령이니 하긴 했지만, 정말로 죽을 뻔했으니 말이다. 홍초는 말고삐를 고쳐 잡으며 등 뒤의 신조에게 말했다.

"그냥 제 등에 팍 기대서 쉬세요. 지치신 거 다 아니까."

홍초의 말은 틀리지 않았다. 암영을 쓰러트리기 위해 내공을 아낌없이 소진한 터라 말 위에서 허리를 세우고 있기도 힘든 판국이었다. 신조는 홍초의 말을 따라 몸을 기댔다. 작고 둥근 어깨에 머리까지 살짝 기대며 물었다.

"청조는 잘 있나?"

"왼팔도 아닌 새끼손가락이라 거기까지는 잘 몰라요. 그러니 직접 확인하세요. 그리고 여자랑 같이 있을 때 다른 여자 이야기 하는 남자는 인기 없다는 거 몰라요?"

스스로의 말이 재미있는지 깔깔 웃은 홍초는 몸을 숙이며 말을 좀 더 빠르게 몰았다. 날 듯이 산길을 달려 본채로 향했다.

산세가 험한 서쪽 땅은 예로부터 도적이 많았다. 중앙권력이 쉽게 미치지 못하는 곳이다 보니 토벌도 어려웠고, 도망쳐 몸을 숨기는 이들도 많아 한때는 산채의 수가 일백을 헤아리던 시절도 있었다.

일백 년 전, 혈랑마존의 혈겁으로 온 세상이 시끄러웠던 그때, 서쪽 땅에 자리한 산채들은 저들끼리 전쟁을 벌였다. 혹자는 백룡채가 백룡강 일대의 수채들을 일통한 것에 자극을 받은 산채들이 매한가지로 통일 전쟁을 시작했다고도 말하지만, 명쾌한 해답을 내릴 수 있는 이는 아무도 없었다.

혈랑마존의 혈겁이 끝나 무림과 황실 모두가 숨을 고

를 무렵에는 서쪽 땅 산채들 사이의 전쟁도 진정 국면으로 접어들었다. 서로 죽고 죽인 결과, 그 많던 산채가 크게 둘만 남았기 때문이었다.

녹림과 흑산채.

녹림의 수장은 쾌도 구휘였고, 흑산채의 수장은 흑왕 유고였다. 둘은 섣불리 전면전을 펼치기보다는 서로의 경계에 있어 일부러 건들지 않은 몇몇 산채들을 완충재 삼아 서로를 경계했다. 그리고 그렇게 보낸 세월이 수십 년이었다. 두 산채는 사파 내에서 힘깨나 쓰는 쟁쟁한 '문파'로 성장했고, 더더욱 서로를 넘보기 어려워졌다.

하지만 이러한 균형을 무너트린 존재가 있었으니, 바로 분광도 고대협. 훗날의 도황이었다.

스승과 사형의 복수라는 대의를 내세운 고대협은 스스로 최전선에 서서 흑산채를 두드렸고, 십 년간의 기나긴 전쟁 끝에 서쪽 땅의 산채 모두를 녹림의 이름하에 묶었다.

고대협은 분광도보다는 서방제일도라 불리는 일이 많아졌고, 급기야 도황의 자리에 올라 녹림을 사파칠주 가운데 일주로 거듭나게 했다.

이 모든 것이 십 년 전의 일이었다.

이후 녹림은 백룡채의 전례를 따라 든든하게 내실을 다졌다. 도적질에만 만족하지 않고 합법적인 사업에도 손을 뻗어 세를 불린 것이었다.

"다 왔어요."

신조는 홍초의 어깨에서 고개를 들어 산중에 자리한 거대한 건축물에 시선을 두었다.

일국의 성이라 해도 믿을 정도로 웅장한 녹림의 본채였다. 천혜의 요새라 해도 과언이 아닌 곳에 성채를 추가해 더욱 방비를 굳혔고, 그 너머에 높은 건물들을 겹겹이 쌓아올렸는데, 그 높이가 십여 장에 달할 지경이었다.

일전 도황을 따라 들어설 때는 이목을 피하기 위해 비밀 통로를 이용했던 터라 느낌이 새로웠다. 신조는 저도 모르게 홍초에게 물었다.

"정문으로 가는 건가?"

"도둑도 아닌데 뒷구멍으로 들어갈 필요 있나요?"

물음에 물음으로 답한 홍초는 그대로 말을 몰아 정문 안으로 들어섰다. 왼팔의 새끼손가락이라더니, 그래도 제법 위치가 있는지 문을 지키고 있던 무사들이 홍초를 대하는 태도가 깍듯했다.

무사들에게 말을 맡긴 홍초는 휙휙 앞장서 걸으며 신조를 인도했다. 백 명이 넘는 사람이 죽고 죽는 아비규환을 헤쳐 나왔음에도 저리 쾌활한 걸 보면 녹림의 여장부가 맞긴 맞는 모양이었다.

산 위에 겹겹이 건물을 쌓아 올린 탓인지 본채 내부는 꽤 복잡했다. 더욱이 오르막길 일변도인지라 계단을 오르고 또 올라야 했다.

반각은 넘고 일각은 되지 못하는 애매한 시간 동안 걷고 걸은 끝에 객잔마냥 방이 줄줄이 이어진 복도에 도달한 홍초는 약간은 과장스런 손짓을 해 보였다.

"복도 끝에 있는 방에 있대요. 오늘 하루 푹 쉬셔도 되니까 운우지락도 나누시고 뭐…… 알아서 잘하시겠죠?"

은근한 미소를 흘리며 눈짓을 하는 모양새가 여간 잔망스러운 게 아니었다. 피식 웃은 신조는 저도 모르게 손을 뻗어 홍초의 머리를 쓰다듬었다. 과년한 처녀에게 하기에는 지나치게 예의가 없으면서도 허물없는, 오해사기 딱 좋은 행동이었지만 홍초는 신조가 반로환동한 노고수란 사실을 알기라도 하는지 할아버지에게 귀여움

받는 손녀처럼 손길을 거부하지 않았다.

"조만간 또 봐요. 다다익선에 영웅은 호색이라 했으니 다음에는 저한테도 마음 좀 여시고요."

다시 한 번 눈짓을 보낸 홍초는 그대로 돌아서서 제 갈 길을 가 버렸다.

복도에 혼자 남은 신조는 숨을 골랐다. 새삼 전투의 피로가 몰려오는 기분이었다.

신조는 발걸음을 내딛었다. 복도 제일 끝, 청조가 머물고 있다는 방의 문을 열었다.

☯

쉰을 넘어 예순을 바라보는 권신 혁린의 외모는 무인보다는 상인에 가까웠다. 키는 딱히 크지도 작지도 않아 평범했고, 살이 올라 후덕함이 느껴지는 얼굴에는 여유가 묻어났다. 화려한 비단옷을 항시 두르고 다니는 그에게는 연무장보다는 대상의 내원이 더 어울릴 것만 같았다.

하지만 그는 분명 권신이었다. 강호 초출 이후 위태로운 적은 있으나 패한 적은 없다 하여 불패권이라고도 불린 절륜한 무인이었다.

"흥미진진하군요."

권신은 육로를 통해 서쪽 땅의 경계로 향하고 있었다. 혈랑마존의 혈겁 이후 허가받지 않은 무인은 황도 주위에 일정 거리 이내로 접근할 수 없다는 황명 때문에 무림맹은 중앙 땅 이남에 위치했고, 뱃길을 이용하기 위해서는 서쪽이든 동쪽이든 북쪽으로 하루 이상 말을 달려야만 했기 때문이었다.

권신이 탄 마차는 크고 웅장했다. 무림맹의 것이 아닌, 천인회 지지를 표명하고 나선 만금당의 마차였다. 천인회에 소속된 무인들이 마차 주변에서 말을 달리고, 만금당의 각종 화물을 실은 수레가 뒤를 따르니 실로 장관이었다.

말 네 마리가 끄는 마차 내부는 참으로 넓었다. 그 안에 타고 있는 이가 셋밖에 없었기에 더더욱 그러했다.

셋 중 하나는 권신의 시중을 들기 위해 만금당이 준비한, 미색이 고운 시녀였다. 그녀는 마차 구석에 단아하게 앉아 침묵을 고수했다.

권신은 바둑을 두고 있었다. 주사위 하나로 하는 가

벼운 내기부터 시작해 마작에 이르기까지 권신은 놀이라는 영역에서도 대적불가의 위명을 자랑했다. 강호 초출 시절부터 살아 있는 협의 표상이라 불릴 정도로 열혈남아인 그였지만, '적'과 대치하는 순간만은 세상 그 누구보다도 냉정하고 침착했다.

"완전히 수세에 몰렸군요. 졌습니다."

권신의 대전 상대인 벽력부 백기형은 정파의 무인치고는 특이하게 도끼를 사용하는 자였다. 권신을 흠모해 무림맹에 머물던 그는 천인회의 첫 번째 가입자이기도 하였다.

"아직 모르지요. 한창 전투가 무르익은 시점이 아니오."

권신은 허허 웃으며 바둑판을 내려다보았다. 사실 전황은 백기형의 말마따나 권신이 잡은 백돌이 흑돌을 완전히 압도한 것이나 다름없었다.

백기형은 미간을 살짝 찌푸렸다. 권신의 말이 상대를 능멸하기 위해서가 아닌, 배려하기 위해서 나온 말임을 홀로 되새긴 뒤에야 인상을 풀고 말했다.

'아니, 어쩌면 권신께서는 저런 상황에서도 반전을 할 수 있다 믿으시는 것일지도 모르지.'

권신이 협의 표상이라 불린 이유는 언제나 약자를 위한 불리한 싸움을 거듭했고, 그 모든 싸움에서 승리했기 때문이었다.

백기형의 얼굴에는 이제 작은 미소가 어렸다. 그는 다음 수를 두는 대신 다른 이야기를 꺼냈다.

"천인회와 뜻을 같이하겠다는 이들이 속속들이 늘고 있습니다. 어쩌면 이번에야말로 진정한 무림맹이 탄생할 수 있을지도 모릅니다."

허울뿐인 무림맹이 아닌 진정한 무림맹.

권신은 백기형의 두 눈동자에서 이는 열망을 읽었다. 그렇기에 고개를 살며시 가로저었다.

"천인회가 일어선 것은 천마회에 맞서기 위해서요. 그 이상을 생각할 필요도 없고, 생각해서도 아니되오."

부드러우나 엄중함이 묻어나는 말이었다. 백기형은 부끄러운 마음이 들어 헛기침을 한 번 한 뒤 말을 이었다.

"근래 소문을 들으니 관 또한 어지럽다 들었습니다. 광릉의 대주가 둘이나 목숨을 잃었다더군요. 북부 원정을 준비하는 와중인데 무림과 황실 모두가 횡액을 겪으니 참으로 낭패입니다."

"그러게 말이오. 본래 황실의 녹을 받던 이가 범인이라니, 참으로 천인공노할 일이오."

권신 또한 노여움을 표했다. 눈치 빠른 시녀가 내민 찻잔을 받아 든 그는 모락모락 이는 찻잔의 연기 너머로 날카로이 눈을 빛냈다.

"나의 적은 천마회뿐만이 아니오. 황실의 관리를 해쳐 제에 혼란을 야기하는 반역의 무리들 또한 천인회의 응징을 피할 수 없을 것이오."

백기형은 연신 고개를 끄덕이며 권신에게 동의를 표했다. 권신은 찻잔을 내려놓은 뒤 다시 바둑판을 보았다. 흑과 백이 엮어 내는 전장이 아닌, 다른 무언가를 보았다.

●

제법 넓고 화려한 방 안에서 청조를 찾는 것은 어렵지 않았다. 공주나 쓸 것 같은 휘장 달린 거대한 침상 위에 푸른 옷을 입은 청조가 죽은 듯이 누워 있었다.

지금이 대낮임을 상기한 신조는 고개를 몇 번 기울인 끝에 침상에 다가섰다. 침상 가에 앉아 청조의 얼굴을 바라보았다.

"자나?"

짐짓 소리를 내었지만 청조는 못 들은 척을 하는지, 아니면 정말 깊이 잠들었는지 미동조차 없었다.

"자네."

약간은 허망하게 말한 신조는 피식 웃었다. 다시 만나면 청조가 어떻게 반응할지 몰라 걱정과 기대가 반씩 섞인 마음이었는데, 이렇게 자고 있을 때 만나니 만사가 허무했다.

'아니, 그래도 다행이네.'

청조의 잠든 얼굴은 평온했다. 혹시나 도황이 해코지를 하면 어쩌나, 너무 마음 상해 있으면 어쩌나 걱정했는데, 기우였던 모양이다.

늘 하던 습관대로 청조의 볼을 꼬집을 뻔했던 신조는 간신히 손을 회수할 수 있었다. 비로소 안심이 되어서 그런지 피로가 물밀듯이 밀려왔다.

신조는 청조의 옆에 드러누웠다. 침상이 매우 넓었기에 누울 자리가 넉넉했다.

'옛날 같구나.'

목숨이 걸린 위험한 임무를 수행하고, 하루에 몇 번

이나 사선을 넘는 고생을 해도 십삼조의 모두와 함께 누워 잠들 때면 평온함을 느낄 수 있었다.

암영을 죽였다. 처음 구상했던 계획에서 많은 것들이 어긋났다. 앞으로의 싸움은 조금 더 힘들어질 것이 분명했다.

하지만 당장은 평온했다. 색색 기분 좋게 들리는 청조의 숨소리와 미미하게 느껴지는 온기가 마음을 안정시켰다.

함께한 시간은 채 석 달이 못 되었을 텐데 언제 이렇게 가까워진 것일까.

신조는 더는 생각하지 않았다. 밀려오는 피로에 생각을 잇기가 힘들었다.

신조는 눈을 감았다. 자신도 모르게 잠들었다.

☯

"그래서 가가는 그 천인회인지 뭔지에 가담할 생각이야?"

사정혜는 언제나처럼 마루 위에서 뒹굴거렸다. 나른한 고양이 같은 그 모습을 묵묵히 바라보던 검제는 약간의 틈을 두고 답했다.

"왜? 싫더냐?"

"싫어. 난 그 권신인지 뭔지 하는 영감탱이가 싫다고."

검제와 달리 사정혜는 즉답했다. 도리질까지 치며 말하는 본새가 정말로 질색인 모양이었다. 검제가 고개를 살짝 기울였다.

"만난 적이 있던가?"

"딱 한 번. 영웅첩 받고 영웅대회 구경 갔을 때. 그때가 가가 처음 봤을 때인데 기억 안 나?"

어떻게 그런 것을 잊어버릴 수 있느냐는 눈빛은 꽤나 따가웠지만, 검제는 언제나처럼 고개만 몇 번 끄덕였다.

"그랬지, 그런 일이 있었지."

사정혜는 검제를 흘겨보며 입술을 삐죽였지만, 소용없는 일이었다. 토라진 얼굴로 내뱉듯이 말했다.

"아무튼 싫어. 그 영감 밑으로 갈 거면 가가 혼자 가. 난 안 갈 테니까."

"어쩔 수 없구나. 그럼 여기서 헤어지는 수밖에."

사정혜는 자리에서 벌떡 일어서고 싶은 마음을 억누

르고 눈동자만 굴려 보았다. 가부좌를 풀고서 일어날
채비를 하는 검제의 옆모습을 뚫어져라 쳐다보았다.

"진짜 가게?"

검제는 대답하는 대신 자리에서 일어섰다. 사정혜가
그 뒷모습에 으르렁거렸다.

"나보다 그 영감탱이가 좋다는 거야?"

"그런 문제가 아니지만 그렇게 받아들인다면 그렇다
고 답을 해야 하는 것일지도 모르겠구나."

검제는 처음부터 끝까지 태연하기만 했다. 사정혜는
눈을 꽉 감고 돌아누워 버렸다.

"흥, 알아서 해."

검제는 저도 모르게 터져 나오려는 웃음을 간신히 억
눌렀다. 돌아누웠으면서도 이쪽의 기색을 살피고자 쫑
긋거리는 사정혜의 귀가 너무 귀여웠기 때문이었다. 검
제는 결국 이번에는 한 번 져 주기로 마음먹었다. 다시
자리에 털썩 앉으며 말했다.

"걱정하지 마라. 천인회에는 가담하지 않을 것이니."

"흥, 이제 와서 왜?"

여전히 돌아누운 상태였지만 그래도 목소리에 기쁜
기색이 어려 있었다. 검제는 짧게 답했다.

"문주님의 뜻이시다."

"천검문…… 주께서?"

아버지 외에는 높임말을 거의 사용하지 않는 사정혜였지만 천검문주에게만은 존댓말을 붙일 수밖에 없었다. 천검문주를 존경해서가 아니라 검제의 눈치를 살펴야 했기 때문이었다.

검제는 부드러운 미소를 머금었다.

"천검문은 천인회와는 독자적으로 행동할 것 같구나. 그러니 짐을 챙기자꾸나."

"응?"

"비사문을 떠날 때가 되었다. 일전에도 이야기 하지 않았더냐, 더 이상은 머물 의미가 없다고."

비사문은 이미 스스로를 지킬 채비를 갖춘 지 오래였다. 그리고 섣부른 예상일지 모르지만 천마회가 굳이 다시 비사문을 공격할 것으로 여겨지지도 않았다.

검제가 일어서자 얼결에 따라 일어선 사정혜가 물었다.

"어디로 갈 건데?"

"문주께선 남쪽으로 가라 하시는구나."

"남쪽 땅? 아니면 서쪽 땅의 남쪽?"

"서쪽 땅의 남쪽이다. 흑사문주께서는 별말씀 없으시더냐?"

검제가 천검문과 연락을 주고받고 있듯이, 사정혜 역시 흑사문과 지속적으로 소통하고 있었다. 사정혜는 뺨을 긁적였다.

"아버지께서는 별말씀 없으셨어. 그냥 늘 그랬듯이 마음대로 돌아다니라고 하시던데?"

사정혜는 근 이 년 전부터 제 곳곳을 누비고 있었다. 본래 흑사문을 나섰을 때는 홀로 돌아다니는 것을 염두에 두었을 것 같았는데, 기실 지난 시간들을 돌아보면 거의 항상 검제와 함께하고 있었다.

흑사문주는 사정혜가 정파 최강인 천검문의 차기 장문인 후보이자 사황오제삼신 가운데 하나인 검제와 어울리는 것을 어떻게 생각하는 것일까?

혈랑마존의 혈겁 이후 정사 간의 대립이 거의 사라졌다시피 했지만, 그래도 파격은 파격이었다. 한쪽은 정파 최강인 천검문의 후계자이고, 다른 하나는 사파 최강인 흑사문의 후계자이니 세간의 이목 역시 집중될 수밖에 없었다.

'하기야, 문주님께서도 별다른 말은 없으셨으니.'

겉모습이야 어찌 되었든 사정혜와 검제 사이에는 이십 년에 가까운 세월의 격차가 있었다. 사정혜는 어째서 검제 자신에게 이리도 살갑게 구는 것일까? 검제 자신은 자식뻘인 아이에게 어쩌다 마음을 주고 만 것일까?

검제는 사정혜의 뺨을 어루만졌다.

"밖에서 기다릴 테니 짐을 챙겨 나오렴. 비사문주께 바로 인사드리러 갈 터이니."

"챙길 짐이나 있나. 잠깐만 기다려."

뺨을 살짝 붉힌 사정혜는 바람처럼 움직여 방 안으로 들어갔다.

혼자 남은 검제는 돌아섰다. 동쪽, 중앙에서 이 땅을 향해 행차 중일 권신의 얼굴을 떠올렸다.

"천인회라……."

검제는 고개를 가로저었다.

제18막
결연

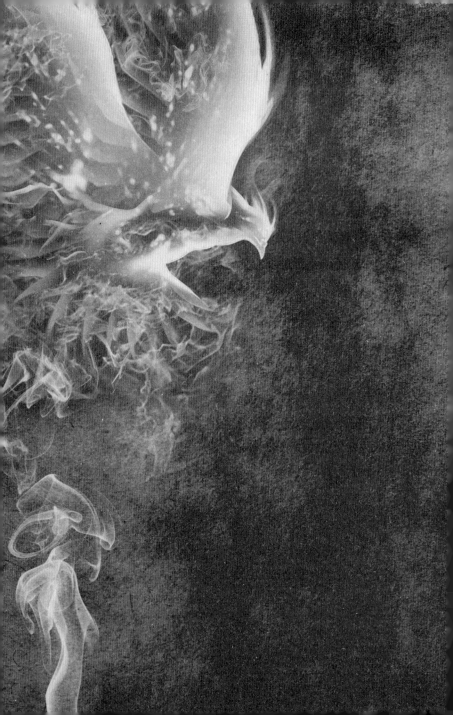

우리 중에 스승님을 가장 닮은 건 누구일까?

난 애묘가 아니라 창룡이라고 생각해.

— 뇌호

◉

암영이 죽었다.

이 사실을 가장 먼저 인지한 것은 암영의 남은 수하들도, 암영의 행보에 촉각을 곤두세우고 있던 암화도 아닌, 청룡이었다.

"암영이 죽었다."

청룡이 마주하고 있는 것은 흑룡이었다. 얇고 검은 면사로 얼굴을 가려 윤곽선만 겨우 알아볼 수 있는 그녀는 침음을 삼켰다.

흑룡이 거하는 흑사당은 황실 깊은 곳 지하에 자리하고 있었다. 암룡과 마찬가지로 양지에는 드러나지 않는 흑사대인 만큼 그 위치를 아는 이도 드물었다.

흑룡은 청룡에게 암영이 어떻게 죽었는지를 묻지 않았다. 어째서 용왕대주께 전하기 앞서 자신에게 그 사실을 말하였는지도 묻지 않았다.

청룡도 암영이 어떻게 죽었는지는 알지 못했다. 그저 미리 이어 놓은 주술의 결과로 암영이 죽었다는 사실 하나만을 알 뿐이었다.

흑룡과 청룡은 밀회 중이었다. 용왕대주를 제외한 그어떤 대주도 명확한 위치를 모르는 흑사당의 중심에 청룡이 들어온 것은 그래서였다. 다른 대주들은 상상조차하지 못했지만, 두 사람은 서로 사랑하는 사이였다. 아니, 적어도 서로 몸을 허락하는 사이임에는 분명했다.

흑룡은 면사에 손을 대었다. 늘 얼굴을 가리고 있던 그것을 벗었다.

젊은 여인의 얼굴이 드러났다. 나이는 쉬이 짐작할
수 없었다. 이제 방년인 처녀로 보이기도 했고, 완숙미
가 느껴지는 서른 초입의 여인 같은 풍미도 느껴졌다.

그리고 아름다웠다. 그녀가 평소 면사로 얼굴을 가리
고 다니는 이유가 다른 이들이 자신에게 현혹되는 것을
막기 위해서라 선언한다 해도 믿어 줄 수밖에 없을 정
도였다.

요염함보다는 청순함이었다. 보호 본능을 자극하는
크고 맑은 눈동자가 희고 고운 살결 사이에 자리했다.
길게 기른, 흑단 같은 머리칼 사이로 한 움큼씩 순백의
머리칼이 있었는데, 이 또한 흑룡의 미모에 신비로움을
가미했다.

흑룡은 황실의 피를 이었다. 정확히 누구의 피를 이
었는지는 흑룡 본인과 용왕대주를 제하고는 아무도 몰
랐다. 흑룡과 살을 섞고 배를 맞춘 지 벌써 몇 년이 지
난 청룡도 그저 흑룡이 황실의 사생아일 거라 짐작하는
것이 전부였다.

흑룡이 청룡의 과거사를 모두 꿰고 있는 것과 달리
청룡은 흑룡에 대해 많은 것을 알지 못했다. 하지만 청
룡은 괘념치 않았다. 그저 좁은 방에 가득한 흑룡의 달

콤한 향내를 맡으며 천천히 차를 마셨다. 흑룡의 대응
을 기다렸다.

흑룡이 입술을 열었다.

"아마도 신조겠지?"

"그렇겠지."

어떤 수단을 동원했을지는 알 수 없었지만, 암영을
죽인 것은 십중팔구 신조일 것이었다.

흑룡의 시선이 바닥을 향했다.

"암영은 전력을 총동원하지는 않았다. 하지만 무림
의 누구도 무시 못할 전력을 운용한 것은 사실이다. 아
마 정면 대결이었다면, 누군가 신조를 거들지 않았다면
암영의 휘하 병력들에게 신조도 목숨을 잃었을 거다."

청룡은 찻잔을 내려놓았다. 그간 흑사대는 천마회를
위한 인원을 제외한 전원이 암영을 견제하기 위해 움직
였다. 그렇기에 흑룡은 암영의 행보에 대해 잘 알고 있
었다.

청룡이 물었다.

"암영이 그 병력을 이끌고 향한 곳은 어디였지?"

"서쪽 땅의 서남부, 사파칠주 가운데 하나인 녹림이
있는 곳이었다."

"그곳에는 왜?"

"거기까지는 명확히 알지 못한다. 하지만 녹림의 주인인 도황은 과거 십삼조와 인연이 있던 자이다."

청룡이 약간이지만 고개를 기울였다.

"도황이?"

"삼십 년이나 된 과거의 일이다. 도황의 사문에서 있던 일과 십삼조의 작전이 연루된 적이 있다. 과정은 나도 알지 못하나 결과적으로 도황이 득을 보았다는 것은 분명하다."

청룡의 눈이 가늘어졌다. 잠시 동안의 침묵 끝에 다소 납득할 수 없다는 목소리로 물었다.

"도황이…… 신조를 도와 암영을 쳤다는 것인가?"

"신조가 죽지 않고 살았다면, 암영이 데려갔던 병력들 대부분이 목숨을 잃었다면 그것 외에 다른 가능성을 논하기 힘들겠지."

흑룡의 얼굴에는 언제나와 같이 표정이 없었다. 광룡의 여섯 대주 가운데 하나인 흑룡으로서 말하고 행동할 때의 그녀는 흡사 인형과도 같았다.

청룡이 물었다.

"흑룡, 넌 그렇게 생각하는 건가?"

흑룡은 답하기 앞서 눈을 감았다. 청룡이 그러했던 것처럼 잠시 틈을 두고 말을 이었다.

"신조는 분명 대단한 암살 기능자다. 하지만 그건 암영 또한 마찬가지지."

"살법이 아닌 무공 대결이었을 거란 건가?"

흑룡은 고개를 끄덕였다. 제아무리 신조라 해도 일백 명의 정예의 호위를 받는 암영을 암살할 수는 없었다. 살수들의 싸움인 살법 대결은 단순히 무공 수위의 고하로 결정되는 것이 아니었다.

청룡은 얼굴을 굳혔다. 의문이 꼬리에 꼬리를 이었기 때문이었다.

"하지만 무엇 때문에 도황이 십삼조를 돕는다는 거지? 과거의 연 때문에?"

도황이 십삼조를 도와 얻을 수 있는 이득은 거의 존재하지 않았다. 오히려 엄연히 황실의 조직인 암룡을 건드린 만큼 큰 화를 입을 것이 분명했다. 그럼에도 불구하고 도황이 신조를 도왔다는 말인가.

흑룡이 고개를 가로저었다.

"알 수 없다. 그리고 아직 도황이 신조를 도왔다는 확증은 없다. 아마 조만간 정보가 올라올 거다."

모든 정보원들에게 그 귀한 사령부를 나눠 줄 수는 없는 노릇이었다. 제의 넓은 땅을 생각한다면 정보가 올라오는 데는 못해도 며칠은 걸릴 터였다.

청룡은 찻잔을 내려다보았다. 짧게나마 한숨을 토했다.

"신조 하나에게 적룡에 황룡…… 거기다 암영까지 목숨을 잃은 셈이군."

용왕대주가 가장 위험시 여긴 뇌호를 죽일 때도, 그 다음으로 두려워한 맹저를 죽일 때도 이런 피해를 입지 않았다. 엄밀히 말해 신조는 지금 혼자가 아니었지만, 은퇴를 하지 않았기에, 손안에 있기에 가장 경계하지 않던 신조에게 지금 같은 피해를 입은 것은 실로 낭패였다.

흑룡 역시 탄식 섞인 목소리로 말했다.

"어쩌면 뇌호나 맹저보다도 더 위험한 것이 신조였을지도 모른다."

그리고 지금 신조는 애묘와 아랑과 함께하고 있었다.

청룡은 침음을 삼킨 뒤 손을 들었다. 손끝에서 일으킨 귀화로 푸른 나비를 만들어 하늘로 놓아 보냈다. 사방이 틀어막힌 공간이었지만 푸른 나비는 벽을 통과해

하늘 높이 날아올랐다.

"용왕대주께 소식을 전했다."

청룡이 자리에서 일어섰다.

흑룡은 그런 청룡을 올려다보았고, 씁쓸함이 어린 미소를 그리며 면사로 다시 얼굴을 가렸다.

청룡이 돌아섰다. 뒷모습을 보였다.

흑룡이 저도 모르게 입술을 벌렸다.

"청룡."

부름에 청룡이 멈춰 섰다. 방금 부름은 광룡 여섯 대주 가운데 하나인 흑룡의 것이 아니었다. 여인 흑룡의 것이었다.

"아니다, 아무것도."

흑룡은 청룡이 돌아설까 두렵다는 듯이 급히 말을 얼버무렸다. 사실 스스로도 청룡의 이름을 소리 내어 불렀다는 사실에 놀라고 있었다.

왜 그랬을까? 어째서 불길함을 느꼈던 것일까?

청룡은 돌아서서 흑룡에게 다가섰다. 성큼성큼 걸어 단숨에 흑룡의 코앞까지 당도했다. 저도 모르게 움찔해서 살짝 뒤로 몸을 빼는 흑룡의 어깨를 붙잡았다. 면사를 벗기고 그 입술에 입 맞추었다.

"걱정하지 마라."

짧으면서도 긴, 서로의 호흡을 나눈 이후 청룡이 꺼
낸 말이었다.

흑룡이 고개를 끄덕였다.

청룡은 방을 나섰다.

◑

신조가 눈을 떴을 때 제일 먼저 본 것은 하늘하늘하
고 화려한 비단이었다.

"아."

저도 모르게 멍한 소리를 내뱉은 신조는 상체를 벌떡
일으켜 세웠다. 눈동자를 굴리며 동시에 많은 것들을
인지하고 생각했다.

해질녘이었다. 확신할 순 없지만 하루 내내 잠든 것
같지는 않았다. 두 시진, 혹은 두 시진 반 정도가 지났
으리라.

넓고 넓은 침상은 좌우로 모두 비어 있었다. 청조가
없었다. 신조는 시각만이 아닌 기감으로 청조를 찾기
시작했다. 하지만 과한 조치였다. 고개를 돌리자마자

청조를 찾을 수 있었다.

"일어나셨어요?"

청조는 식탁으로도 쓸 수 있을 만치 커다란 탁상에 두 손을 올리고 다소곳이 앉아 있었다. 어쩐지 모르게 딱딱한 얼굴이었다.

"어…… 음."

어쩐지 모르게 익숙한 표정이었다. 청조가 아닌 다른 누군가에게 자주 보았던 표정. 맹저가 저런 표정을 짓지 않게 된 것은 언제부터였을까?

신조는 엉거주춤 자리에서 일어섰다. 운기고 뭐고 아무것도 하지 않고 잠만 잤음에도 소진되었던 내공이 꽤나 회복되어 있었다. 몸 상태도 최상은 아니었지만 그럭저럭 상이라 평해도 좋았다.

신조는 허리를 곧이 세웠다. 입술을 떼 뭐라도 말을 하려다가 관두었다. 발걸음을 내딛어 청조에게 다가갔다.

약간 여윈 느낌이 들긴 했지만 그 외는 모두 괜찮았다. 오히려 노숙을 일삼던 때보다 더 나아 보였다.

하지만 그래도 신조는 물었다.

"별일 없었더냐? 해코지 같은 것은 당하지 않았고?"

말해 놓고 보니 다소 이상했지만, 이미 내뱉은 말이었다.

청조는 신조를 똑바로 쳐다보았다.

"신조 어르신은요?"

신조는 저도 모르게 마른침을 삼켰다. 다시 청조의 얼굴을 살폈다. 결국에는 한숨을 토했다.

"미안하다."

청조가 이렇게 행동하는 이유는 하나밖에 없었다. 그리고 신조도 이러한 청조를 이해했다.

아무 말도 해 주지 않았으니까.

그 어떤 설명도 해 주지 않았으니까.

어쩔 수 없는 일이었다. 녹림에 암영의 사람이 심어져 있었을지도 모르니 비밀을 아는 사람을 줄여야만 했다. 청조가 혹시라도 어설프게 행동했다가는 암영을 끌어내지 못했을 터다.

그래서 비밀로 한 것이었다. 그래서 아무 말도 해 주지 않은 것이었다.

하지만 그런 설명을 늘어놓을 수 없었다.

청조가 입술을 깨물었다. 고개를 숙였다.

"저야 뭐 어차피 제자도 아니잖아요. 그냥 짐 덩어리

일 뿐이니까 딱히 미리 이야기해 줄 것도 없으셨겠죠."

차갑고 독기 어려 있어야 할 말이었지만 그렇지 못했다. 청조의 가냘픈 어깨가 떨렸다. 목소리엔 물기가 묻어났다.

"정말로."

무릎 위에 모아 쥔 두 손에 힘이 들어갔다.

"정말로 돌아가신 줄 알았어요."

결국에는 눈물이 뚝뚝 떨어졌다. 고개를 숙이고 있기에 우는 얼굴이 직접 보이진 않았지만, 청조의 무릎과 손을 보면 알 수 있었다.

"피가 엄청 많이 흘러서…… 도황께서 죽진 않았다고 하셨지만, 믿을 수 없었어요."

신조는 결국 한 걸음을 더 내딛었다. 의자 위에 앉아 있는 청조를 엉거주춤 품에 안았다. 타인에게 이토록 걱정을 시켰던 것이 대체 얼마 만일까?

"미안하다, 미안해."

그 말 외에는 할 수 있는 말이 없었다. 아이를 달래듯 청조의 등을 천천히 어루만졌다.

청조의 떨림이 잦아들었다. 청조는 신조의 가슴에 얼굴을 묻었다. 그리고 이내 두 손으로 신조의 가슴을 살며시 밀어냈다. 얼굴을 들어 신조를 마주하였다.

눈물로 엉망이 된 얼굴이었다. 눈시울은 붉었고, 뺨을 발갛게 달아올라 있었다.

청조가 물었다.

"저는 뭐예요?"

예전의 청조라면, 처음 만났을 때의 청조라면 이런 것을 묻지 않았다. 영리하고 눈치 빠른 이 아이는 인내할 줄 알았다. 상대의 신경을 거스르지 않기 위해, 무지로 자신의 안전을 확보하기 위해 필요한 것만을 묻는 아이였다.

하지만 지금은 물었다. 말을 해 주지 않았다고 화를 내고 있었다. 걱정했다며 울음을 터트렸다.

신조도 알았다. 여인의 이런 얼굴을 보는 것이 처음은 아니었다.

신조가 청조의 뺨 위에 손을 얹었다. 흘러내린 눈물을 닦아 주었다. 입술을 열어 무어라 말하는 대신 그저 그렇게 했다. 시선이 교차했다. 청조의 달뜬 숨결이 신조에게 닿았다.

그리고 문이 열렸다.

"실례! 식사는 하셨……."

반사적으로 고개를 돌리니 문을 연 자세 그대로 얼어붙은 홍초가 보였다. 그녀는 커다란 눈동자를 데굴데굴 굴리더니 뒤로 한 걸음 물러섰다. 빠르게 문을 닫았다.

신조와 청조는 닫힌 문을 쳐다보았다. 섣불리 서로를 다시 돌아보지 못했다.

하지만 두 사람에게 주어진 어색함과 민망함의 시간은 너무나도 짧았다.

"어차피 깨진 산통! 식사나 하세요!"

문을 다시 벌컥 열고 들어선 홍초는 함께 온 시녀들이 들고 온 음식들을 탁자 위에 척척 올려놓았다. 시녀들을 물러가게 한 뒤 자신 또한 탁자 한쪽에 자리를 잡고 앉았다. 자연히 한 덩이에서 두 덩이가 된 신조와 청조를 번갈아 보더니 청조에게 웃으며 손을 내밀었다.

"난 홍초예요. 도황 어른의 왼쪽 새끼손가락 정도 된답니다."

"청조예요."

청조가 약간은 어색하게 인사를 받았다.

배시시 웃은 홍초는 신조를 돌아보며 말했다.

"식사 운반은 겸사겸사고, 전언이 있어 왔어요."

"전언?"

"내일 정오 즈음에 도황께서 뵙고 싶다고 하셨어요. 제가 모시러 올 거예요. 이쪽 아씨도 함께."

말을 맺으며 청조 쪽으로 눈짓을 보냈다.

신조의 눈이 가늘어졌다. 굳이 청조도 함께 보자는 부분이 신조의 심경을 거슬렀기 때문이었다.

홍초는 까르르 웃었다.

"그런 눈 하셔도 저는 심부름꾼이라 그 이상은 모른답니다."

흥겹게 말을 맺은 홍초는 얼른 젓가락을 챙겨 들고 식사를 개시했다.

신조는 다소 못마땅한 얼굴로 젓가락을 들었고, 청조 또한 깨작깨작이나마 음식을 먹었다.

조용히 이어진 식사는 그리 길지 않았다.

"그럼 편히 쉬세요! 아무도 얼씬 못하게 할 테니까."

음흉한 얼굴로 눈짓을 해 보인 홍초는 빈 그릇들을 챙겨 들고 재빠르게 방을 나섰다. 방에는 다시 신조와 청조만 남았다.

신조는 반사적으로 기감을 발동시켰고, 주변 십 장 내에 아무도 없음을 인지한 뒤에야 청조 쪽으로 시선을 돌렸다.

청조도 신조를 보고 있었다. 신조는 순간 고개를 돌렸다. 민망하기 짝이 없었다.

하지만 청조는 그렇지 않았다. 이런 상황에서는 오히려 여자가 더 강하다는 것을 입증하듯이 작게 웃으며 말했다.

"씻으세요. 안쪽에 목욕물을 받을 수 있는 곳이 있더라고요."

청조가 가리킨 방향을 보니 몇몇 큰 객잔들이 그러한 것처럼 방 안에 씻을 수 있는 장소가 준비되어 있었다.

"그래."

적당히 답한 신조는 입술을 살짝 깨물며 자리에서 일어섰다.

신조가 씻고 그다음에는 청조가 씻었다. 그사이에 해는 졌고, 늘 그러했듯이 밤이 찾아왔다.

신조는 침상 끝에 등을 돌리고 누웠다. 이상할 정도로 곤두선 감각이 청조가 다가옴을 인지했다. 사르륵사르륵 옷깃 스치는 소리와 단정한 발걸음이 귓가를 간지럽혔다. 여인 특유의 달콤한 살 냄새가 신조의 코끝을 자극했다.

우스운 일이었다. 이제까지 한 침상에서 같이 잔 것
이 몇 번이거늘, 새삼 어색함과 민망함이 밀려왔다.

청조가 신조 옆에 누웠다. 두 사람 사이에는 공간이
있었고, 살결은커녕 옷깃조차 서로 닿지 않았다.

하지만 심장이 두근거렸다.

어째서, 무엇 때문에.

암영을 죽인 밤이었다. 생사결의 싸움을 치른 지 하
루도 채 지나지 않았다.

'그래, 늘 이러했지.'

십삼조의 모두와 함께했을 때 늘 이러했다. 목숨을
건 임무를 수행하고 누군가와 죽고 죽이는 싸움을 하고
모두와 함께 잠들 때는 그 모든 것을 잊었다. 그저 서
로와 함께 있다는 사실에 만족했다.

하지만 조금 달랐다. 완전히 그때와 같지 않았다.

그리고 거짓말처럼 심장 소리가 들렸다. 신조 자신의
것이 아니었다. 청조의 것이었다. 평상시보다 빠르고
격한 두근거림이었다.

신조는 눈을 감고 숨을 토했다. 많은 생각들이 떠올
랐다. 저도 모르게 돌아누웠다.

청조의 얼굴이 보였다. 돌아눕는 소리를 들었기 때문

인지, 아니면 처음부터 그러했던 것인지 눈을 뜨고 있었다.

어두웠다. 방을 밝히는 빛은 없었다. 하지만 그 얼굴을, 표정을 똑똑히 볼 수 있었다.

신조가 손을 뻗어 청조의 뺨을 어루만졌다. 얼굴이 가까웠다. 서로의 숨결을 느낄 수 있었다.

정신을 차렸을 때는 어느새 서로의 입술이 맞닿아 있었다. 혀와 혀가 얽혔고, 서로의 타액을 탐하였다.

누가 먼저랄 것도 없이 달뜬 숨을 토했을 때, 신조와 청조는 서로를 보았다. 청조가 아래였고, 신조가 위였다.

청조가 살며시 고개를 끄덕였다.

신조는 그런 청조에게 다시 입술을 맞추었다. 신조의 손길이 청조의 옷섶을 파고들었다.

◉

밤이 지고, 새벽이 밝았다.

온몸이 땀투성이가 될 정도로 격한 밤을 보냈음에도 두 사람은 곤히 잠들지 못했다. 청조를 등 뒤에서 끌어

안은 신조는 무어라 말을 하지 않았다. 청조도 그러했
다. 허리를 감싼 신조의 단단한 팔 위에 손을 올리고
고른 숨을 토했다.

　순간의 충동이었을까? 실수였을까?

　신조는 그렇게 생각하고 싶지 않았다. 그리고 그것은
청조도 마찬가지였다.

　아침이 멀지 않았지만, 아직 새벽이었다. 청조가 돌
아누워 신조의 품에 파고들었다. 신조는 청조의 머리칼
을 어루만졌고, 둘은 다시 하나가 되었다.

　충동도, 실수도 아닌, 두 사람의 의지였다.

　시간이 흘렀다. 나른하기 짝이 없었다. 청조는 침상
위에 축 늘어져서 일어나지도 못했다. 신조가 그런 청
조를 씻기고 옷을 입혔다. 사랑스러웠고, 그래서 가슴
한구석이 아려 왔다.

　시녀들이 가져온 음식들로 간단히 아침을 해결한 뒤
청조는 제대로, 신조는 운공으로나마 운기조식을 행했
다.

　다시 방문이 열린 것은 정오까지 반 시진 정도가 남
았을 때였다.

"밤새 평안하셨어요?"

간단한 먹을거리를 들고 방문한 홍초는 음흉하기 짝이 없는 시선을 청조와 신조에게 번갈아 보내느라 여념이 없었다. 음식을 먹는 내내 그러했고, 함께 방을 나서 이동 중인 지금도 그러했다.

신조가 눈살을 살짝 찌푸리며 홍초에게 물었다.

"어디로 가는 거지?"

"본채에서 가장 튼튼한 곳이요."

신조의 곁에 나란히 서서 걷던 청조는 약간은 불안한 시선으로 주변을 둘러보았다. 방을 나선 이후 지금까지 계속 내려가고만 있었다. 외길로 접어든 지금에는 산속으로 파고들고 있다는 기분까지 들었다.

신조가 그런 청조의 손을 잡아 주었다. 홍초가 웃든 말든 발걸음을 내딛었다.

지하 공동이었다. 산을 깎아 만든 공간, 혹은 자연적으로 형성된 동굴을 가다듬은 공간일 터였다.

천장도 높고 사방으로 넓은 공간 한가운데는 도황이 서 있었다. 곳곳에 자리한 횃불 때문에 공동 안이 밝았다.

"잘 잤나, 신조."

도황이 선 자리로부터 이 장이 조금 못 되는 곳에 멈춰 선 신조는 주변을 감지했다. 눈에 보이는 도황과 홍초, 칠정도 종목을 제외하고는 아무도 없었다.

홍초는 쪼르르 잰걸음으로 도황의 왼편에 섰다. 오른편에 선 종목의 얼굴은 딱딱하게 굳어 있었다.

도황이 한데 이어진 신조와 청조의 두 손을 보며 말했다.

"암영이 데려왔던 놈들은 모조리 목을 치는 데 성공했다. 주변에서 감시하던 놈들도…… 일단은 잡아 죽이긴 했는데, 이건 다 죽였다고 확신은 못하겠군."

일단 급한 불은 끈 셈이었다. 하지만 결국에는 녹림이 암영을 해했다는 사실이 알려지지 않을 수 없었다. 신조는 종목의 표정이 왜 굳어 있는지 알 것 같았다.

"더불어 아랑과 애묘가 내일이나 모레쯤이면 도착할 거다. 그래서 오늘 처리하려고."

말을 끝냄과 동시에 상쾌하게 웃은 도황은 애도 수라를 뽑아 들었다. 단지 칼을 꺼냈을 뿐임에도 불구하고 주변 일대의 공기가 바뀌는 것 같았다.

청조가 숨을 삼켰다. 신조는 그런 청조를 가리듯 옆으로 한 걸음을 내딛으며 도황을 똑바로 쳐다보았다.

"이제 와서 내 목이라도 잘라 바쳐서 황실에 용서를
빌려고?"

"아니야, 아니지. 내가 그런 놈은 아니란 거 네놈도
잘 알지 않나."

도황의 눈동자가 형형하게 빛났다. 신조는 도황이 저
런 얼굴이 될 때를 알고 있었다. 당장 어제도 마주했던
얼굴이다.

"불사신조…… 몸으로 체험해 보고 싶다."

역시나 그것이었다.

신조는 도황을 이해할 수 없었다.

"왜 그렇게 우리 스승님께 집착하는 거지?"

도황의 욕구는 강력한 적과 싸워 보고 싶다는 투쟁심
과는 거리가 멀었다. 신조의 말마따나 도황은 십삼조의
스승에게, 그가 남긴 무공에 집착하고 있었다.

어째서일까. 대체 무엇 때문인 것일까.

삼십 년 전의 그는 이러하지 않았다. 도황이 된 이후
새로이 알게 된 것이라도 있는 것일까?

"이유야 있지만, 네게 말해 줄 수는 없어. 그런 맹약
이라 말이지."

도황은 수라를 빙글빙글 돌렸다.

종목과 홍초는 대련을 방해하지 않기 위해 뒤로 물러
섰다.

"너도 궁금하지 않나? 네 힘이 과연 사황오제삼신에
게도 통할지 말이야."

신조는 미간을 좁혔다. 도황의 말이 아주 틀리지는
않았다. 신조 스스로도 궁금했다. 과연 자신은 얼마나
강해진 것일까? 자신의 힘이 어디까지 통용될 것인가.

하지만 신조는 흔쾌히 응하기 앞서 한마디를 덧붙였
다.

"너도 알다시피……."

"그래, 네놈은 죽이는 데 특화된 놈이지. 죽이는 싸
움이라면 실력 윗줄인 놈도 죽이는 반면, 대련에서는
실력 비슷한 놈한테도 지는, 그런 특이한 놈이야."

신조가 배운 것은 죽이는 법이었다. 신조의 모든 기
술은 살법으로 이어져 있었다. 죽음을 배제한 전투는
신조의 실력을 반감시킬 뿐이었다.

도황은 입술을 비틀어 웃었다.

"사황오제삼신이, 도황이 우습나?"

도황이 전신에 갈무리하고 있던 기운을 개방했다. 도
황의 존재감이 공간을 제압했다.

"죽일 각오로 덤벼 봐. 나도 그렇게 할 테니."

신조는 숨을 골랐다. 도황은 지금 진심이었다. 싸우지 않고 이 상황을 해결할 방안이 떠오르지 않았다.

신조는 청조의 손을 고쳐 잡았다. 덜덜 떨리는 그 손에 온기를 나누어 주었다.

신조의 표정이 날카로워졌다.

도황이 기꺼운 웃음을 터트렸다.

"하지만 그래도 가능하면 우리 서로 죽이지는 말자. 그리고…… 네가 진심이 될 수 있도록 내가 손을 좀 썼다."

도황의 시선이 신조를 떠났다.

청조의 얼굴이 순간 하얗게 질렸다.

"저, 저요?"

"지효성 독을 먹였다."

효과가 바로 발동하지 않는, 일정한 시간이 지나야만 발동하는 독.

"애묘라면 해독할 수 있을 거다. 하지만 애묘가 도착했을 때면 이미 죽어 있을 거야. 가엾게도 말이야."

언제 중독시킨 것일까. 중독된 지 이미 며칠이나 지난 것은 아닐까?

신조는 노성을 토하지 않았다. 하지만 그 분노를 감추지도 않았다.

도황이 말했다.

"네가 나를 죽이거나, 내가 너를 죽이거나, 네가 나를 제압하면 해독약을 주마."

"내가 네게 제압당하면?"

"뭐, 어쩔 수 없는 거지. 끝내주는 여자 하나 이 세상 떠나 하늘나라로 가는 거야."

어깨를 으쓱인 도황은 수라를 길게 늘어뜨렸다.

"대신에 네가 이기면 해독약 말고 다른 것도 주도록 하마."

"무엇을?"

"녹림의 힘을 주마. 사파칠주 가운데 하나인 녹림이 십삼조와 함께할 거다."

이번에도 거짓이 아니었다. 도황은 진심이었다. 칠정도 종목이 굳은 얼굴을 한 진짜 이유였다.

"나쁘지 않지?"

나쁘지 않았다. 그야말로 큰 이득이었다.

도황은 왜 이런 일을 벌이는 것일까. 무엇 때문에 이토록 스승님의 무공에 집착하는 것일까.

"고대협, 후회하게 될 거다."

"후회하게 만들어 줘."

도황은 수라를 바로 들지는 않았다. 기다렸다. 신조는 그 의미를 이해했다. 돌아서서 청조를 보았다.

청조는 하얗게 질려 있었다. 누가 봐도 겁먹은 얼굴이었다. 하지만 그래도 입술을 벌려 말했다.

"이것도 팔자라고는 생각 안 할래요."

청조는 신조의 손을 꽉 움켜쥐었다.

"이겨요, 꼭. 그래서 무공도 잔뜩 가르쳐 주시고, 제가 부귀영화도 누리게 해 주세요."

무리를 해서 겨우 끌어낸 말이었다. 마지막 미소도 거의 억지에 가까웠다.

신조는 청조의 볼을 꼬집었다. 고개를 끄덕였다.

"그래."

청조가 물러섰다. 도황과 신조를 중심으로 육 장 이내에는 아무도, 무엇도 존재하지 않았다.

도황이 수라를 들었다.

"와라."

신조는 검을 뽑았다. 지체 없이 일식 홍염을 발동시켰다.

붉은 기운이 어지러이 일었다. 청조는 처음 보는 신조의 모습이었다.

"간다."

신조가 지면을 박차 올랐다.

도황 고대협의 사문은 쾌도 구휘에서 시작되었다. 별호에 쾌자를 쓴 만큼 구휘의 무공은 빠르기를 중시하였다. 쾌도 구휘의 후계자는 속도에 힘을 더할 생각을 하였다. 하지만 이러한 시도는 끝내 실패하였고, 사문에는 힘과 속도로 대변되는 두 갈래의 길이 생겼다.

도황의 이전 별호는 분광도였다. 그는 속도의 길을 걸었다.

신조의 가장 큰 무기는 누가 뭐라 해도 속도였다. 빠른 발과 신속한 공세가 신조의 장기였다.

자연히 도황과 신조의 싸움은 속도전이 될 수밖에 없었다.

정직한 정면충돌이 최초의 일합이었다. 검과 도가 얽혀 비명을 질렀고, 붉은 검기와 푸른 도기가 충돌하며 주변 일대를 진감시켰다.

신조는 뒤로 크게 물러섰다. 제자리에 선 도황과의
거리는 근 삼 장여에 달했다.

신법이란 면에서는 신조가 도황보다 우위에 있었다.
하지만 일수의 빠르기는 오히려 도황이 신조를 상회했
다.

그리고 그뿐만이 아니었다.

힘.

공격력 그 자체로도 도황이 신조보다 위였다.

내력의 차이도 있었다. 장기전이 되면 신조가 필패할
수밖에 없는 전투였다.

신조는 숨을 골랐다. 본능과 경험을 총동원하여 도황
을 죽일 수 있는 길을 찾았다. 하지만 어려웠다. 흉신
악살과도 같은 도황의 기운이 공간을 제압했기에 찌를
구석이 보이지 않았다.

하지만 그래도 해야만 했다. 신조는 자세를 낮추었
다. 비어 있는 왼손으로 비수를 뿌림과 동시에 진각을
밟았다.

불사신조, 비상의 법.

신속.

적룡과 황룡을, 암영을 죽일 수 있었던 필살의 신법.
붉은 잔영이 흩날릴 때 종목은 이를 악물었다.

홍초는 소리 없는 비명을 질렀다.

쏜살같이 날아간 비수가 도황의 신경을 어지럽혔다.
도황은 쳐 내는 대신 회피를 선택했고, 옆으로 한 걸음
을 내딛었다. 그리고 신조가 그런 도황의 측면을 노렸
다.

홍초와 종목은 신조의 신형을 순간이나마 놓쳤기에
신조가 땅에서 솟았다는 느낌까지 받았다. 하지만 도황
은 아니었다. 눈은 쫓지 못했지만 도황의 기감이, 본능
이 반응했다.

섬광이 일었다. 과거 분광도란 별호를 만들어 준 쾌
섬이 푸른 도기와 함께 휘몰아쳤다.

쾅!

도와 검이 맞부딪치며 난 소리가 아니었다. 뒤로 크
게 튕겨 나간 신조가 동굴 벽에 부딪치며 난 소리였다.

충돌의 순간, 신조는 공격을 포기하고 도황의 반격을
흘려 내기 위해 사력을 다했다. 힘의 방향에 맞추어 몸

을 날렸다. 하지만 흘려 내기에는, 그렇게 받아 내기에
는 도황의 공격이 너무 강력했다.

동굴 벽 일부가 함몰되었다. 신조는 제자리에 주저앉
아 왈칵 피를 토했다.

청조는 비명을 삼켰다. 눈시울이 붉었다.

도황은 거친 숨을 고르며 신조를 주시했다. 그야말로
찰나의 차이가 만들어 낸 결과였다. 조금만 늦었어도
신조의 검이 도황 자신의 육신에 파고들었으리라. 본능
이 반응하지 않았더라면 주저앉아 피를 토하고 있는 것
은 도황 자신일 터였다.

도황은 인정했다. 신조의 신법은 천하제일이었다. 그
보다 빠른 자는 당금 무림에 존재하지 않았다.

신조가 헐떡이며 자리에서 일어섰다. 도황을 노려보
며 힘겹게나마 다시 자세를 잡았다.

도황은 경박한 자였지만 한 번 입 밖에 낸 것은 반드
시 지키는 자였다. 여기서 신조 자신이 패하면 도황은
청조를 치료하지 않을 것이 분명했다.

도황 또한 수라를 들어 올렸다. 흉신악살과도 같은
기운으로 공간 전체를 장악했다.

이번에는 놓치지 않는다. 똑같은 수를 쓴다면 보다

확실하게 막아 내리라.

신조도 인정했다. 지금 상태로 신속을 쓰면 처음보다 느릴 것이 분명했다. 같은 속도를 낸다 할지라도 도황은 막아 낼 것이 분명했다.

난전을 이끌어야 했다. 그래서 어떻게든 기회를 만들어야 했다.

'아니, 그렇지 않아.'

난전에 더 강한 것은 도황이었다. 다른 수를 내야만 했다.

그렇다면 어떻게? 그렇다면 무엇으로?

신조의 객관화된 시선에 모든 것이 들어왔다. 잔뜩 굳은 종목의 얼굴이, 잔뜩 긴장한 얼굴로 입술을 깨문 홍초의 얼굴이, 금방이라도 터질 것 같은 울음을 간신히 억누른 청조의 얼굴이 보였다.

스승님의 가르침이 떠올랐다. 그리고 어느 순간, 이제는 가능할 것이란 생각이 들었다.

일식을 연 것은 반로환동과 환골탈태로 증대된 내력이었다.

이식은 그러하지 않았다. 단단히 매듭지어져 풀리지 않던 감정의 실타래가 풀리며 길이 보였다.

신조는 희미하게나마 웃었다. 토해 낸 피가 턱을 따라 흘러 보기 흉했지만, 그런 것을 신경 쓰지 않았다.

도황의 눈썹이 꿈틀거렸다. 기다리는 대신 짓쳐들어야 한다고 도황의 본능이 소리쳤다. 하지만 도황은 이성으로 본능을 억눌렀다. 보고 싶다는 열망이 도황을 지배했다.

신조는 눈을 감았다.

붉은 기운이 신조의 몸 밖에서 뿐만 아니라 육신 내부에서도 휘몰아쳤다.

오행 가운데 화, 불꽃의 기운.

모든 것을 사르는 그것에서 다시 태어나는 생명.

불사신조 제이식.
신생(新生).

균열이 발생했다. 공간을 제압하고 있던 도황의 기운이 깨어졌다. 새로이 일어난 기운이 도황의 영역을 파괴했다.

신조와 도황이 충돌했다. 아까와는 달랐다. 단타로 끝나지 않았다. 눈으로 쫓기 힘들 만큼 빠른 공세가 폭

풍처럼 연이어졌다.

도황이 유리한 싸움이었다. 아니, 도황이 유리한 싸움이어야 했다. 하지만 그렇지 않았다. 신조의 공세는 조금도 느려지지 않았다. 오히려 시간이 지날수록 느려지는 것은 도황이었다.

신조의 내력은 증가하지 않았다. 그 그릇의 크기에는 변함이 없었다. 하지만 달라졌다. 내력이 끊임없이 샘솟았다. 신조는 지치지 않았다. 도황의 일수에 망가졌던 내장도 어느새 회복되었다.

서로를 해하지 못하는 검과 도가 일으킨 날카로운 기세가 신조와 도황의 전신을 할퀴었다.

도황의 얼굴과 팔에 잔상처가 늘었다. 신조 또한 마찬가지였다.

하지만 둘 사이에는 큰 차이가 있었다.

도황이 눈을 부릅떴다.

신조의 상처가 아물었다. 잔 상처 따위는 발생한 순간 시간을 거스르듯 회복되었다.

도황은 시간을 끌면 안 된다는 것을 자각했다. 패도적인 일수로 신조를 제압해야 했다.

그래서 무리를 했다. 신조에게 왼팔의 빈틈을 드러내

며 시간을 만들었다. 신조를 짧은 순간이나마 밀쳐 냈다.

신조도 도황이 무엇을 하려는지 알았다. 그렇기에 왼팔의 빈틈을 파고드는 대신 검을 바짝 당겼다.

한 호흡.

도황의 모든 기력이 한곳에 모였다. 도기를 넘어선 도강이 그 찬란한 빛을 뿌렸다. 신조를 똑똑히 보았다. 그리고 맞섰다. 일식을 넘어 이식을 열었기에 진화할 수 있었던 절초를 내뻗었다.

불사신조, 용살의 법.
가루라(迦樓羅).

불꽃에 휩싸인 붉은 신조(神鳥)의 환상이 검 끝에서 일었다. 붉은 기운이 도황이 일으킨 도강과 정면에서 충돌했다.

호화롭고 현란했다. 그 빛이 너무나 눈부셔 종목과 홍초, 청조는 눈을 질끈 감을 수밖에 없었다.

신조의 검이 깨졌다.

도황의 애도 수라가 목표를 잃고 바닥을 향했다.

격렬한 충돌이었다. 두 사람 모두 적지 않은 손상을 입었다. 하지만 둘은 멈추지 않고 움직였다.

신조가 도황의 품에 파고들었다. 왼손에 뽑아 든 비수로 도황의 목을 겨누었다.

도황의 애도 수라가 신조의 육신을 대각선 아래에서부터 양단하기 직전에 멈추었다.

본래였다면 동귀어진.

아니, 그렇지 않았다.

신조도, 도황도 그 사실을 알았다.

도황은 입술을 비틀어 웃었다. 애도 수라를 땅에 길게 늘어트렸다.

"네가 이겼다."

신조의 전신에서 일었던 불꽃의 기운이 순간 사그라들었다. 끝없이 샘솟는 것 같던 내력도 최선을 다한 단한 번의 가루라를 위해 모두 소진했기 때문이었다.

도황은 아직 여력이 남았다. 하지만 자신의 선언을 후회하지 않았다. 담담히 인정했다. 진정으로 죽이는 싸움이었다면, 신조가 도황 자신을 죽이려 했다면 최후의 일수에 목숨을 잃었을 터다.

신조는 비수를 거두었다. 비틀거렸지만 쓰러지진 않

았다.

"해독은?"

"이미 한 것이나 다름없다. 세 종류의 독이 배합이 되어야만 발동하는 독이었으니까. 네 여자가 먹은 것은 셋 중 하나뿐이다."

도황은 신조의 어깨를 두드렸다. 또 하나의 약속을 이 행했다.

"녹림의 힘을 주마."

신조는 돌아섰다. 청조를 보았다. 청조가 참고 참았던 울음을 터트렸다.

제9막
합류

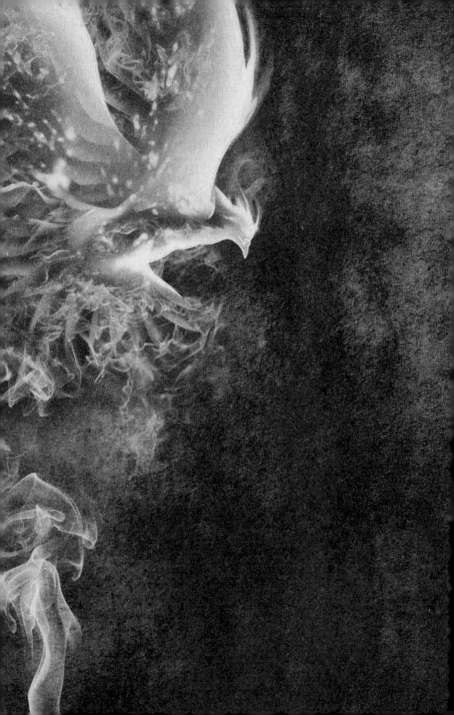

뭐가 옳았던 걸까?

내가 하지 않았던 선택이 더 옳은 길은 아니었을까?

늘 그런 고민 속에서 살았어. 언제나.

— 요호

◉

당금 무렵에 사황오제삼신이란 이름이 처음 나타난 것은 삼백 년 전이었다. 그때는 사황오제삼신이라 묶어 부르는 이도 없었다.

대저 별호에도 격이 있는 법이었다. 황과 제를 쓰는 이와 왕을 쓰는 이가 있다면 전자가 더 격이 높고 강해 보이는 것이 당연지사였다. 별호에 신을 붙일 수 있는 자는 극히 드물었고, 황과 제, 신의 칭호는 자칭할 수도 없는 것이었다.

때문에 황과 제, 신이라는 글자가 들어간 별호를 가진 자들의 숫자는 세대별로 거의 고정되었고, 해당 분야의 천하제일인이라는 뜻으로 상통되었다.

그러다 보니 자연 사황오제삼신이란 말이 생겼다. 사파와 정파 간의 대립이 있으니 대등한 글자인 황과 제는 사파와 정파에게 각기 나누어 돌아갔다. 정파가 사파보다 늘 숫자가 더 많았던 것은 애당초 제의 건국 황제 영의 비호로 자란 무림인 만큼 정파의 세력이 사파의 세력보다 우세했기 때문이었다.

이랬던 사황오제삼신이 체계화된 것은 백 년 전 일어난 혈랑마존의 혈겁 이후부터였다.

정사새외 모두가 고금제일고수, 고금제일마로 인정한 혈랑마존의 독보를 단독으로 막을 수 있는 무인은 무림과 황실을 비롯해 세상에 존재하지 않았다. 때문에 당시의 사황오제삼신은 대의를 위해 사문과 개인의 자존심을 모두 버리고 합공을 펼쳤다.

결과는 참혹했다. 혈랑마존을 쓰러트리는 데는 성공했지만 사황오제삼신 가운데 검신 용화성을 제외한 나머지 전원이 목숨을 잃었기 때문이었다.

사람들은 혈랑마존의 막강함에 두려워했고, 그런 혈랑마존이 죽었다는 사실에 안심했으며, 영웅적인 희생으로 제를, 나아가 세상을 구원한 사황오제삼신을 찬양했다.

유일한 생존자인 검신 용화성은 새로이 사황오제삼신을 조직하였고, 이후 사황오제삼신은 그 숫자와 이름을 대대로 전승하게 되었다.

이것이 세간이 알고 있는 사황오제삼신의 유래였다.

그리고 이것을 의심하는 자는 아무도 없었다.

아무도.

　　　　　　　　　　●

처음 일식을 썼을 때처럼 나자빠지지는 않았다. 내공이 텅텅 빈 것은 사실이지만, 버티고 서지 못할 것은 없었다.

그래서 청조를 품에 안아 줄 수 있었다. 가슴에 얼굴을 박고 엉엉 우는 청조를 꼭 끌어안았다.

"까아! 눈꼴 시려!"

홍초가 방정맞은 소리를 질렀고, 칠정도 종목은 급한 발걸음으로 도황에게 다가갔다.

"괜찮으십니까?"

몸 여기저기 잔 상처가 남긴 했지만 그 외에 특별한 외상은 없어 보였다. 하지만 종목이 걱정한 것은 내상이었다.

도황은 힘없는 얼굴로 웃었다.

"괜찮다. 무리 좀 해서 삭신이 쑤신 건 빼고는."

마지막 일수, 최후의 도강을 만드느라 너무 급하게 내력을 이끌었다. 거기에 신조의 가루라와 충돌하며 입은 내상도 있으니 마음 같아서는 당장에라도 주저앉아 운기에 돌입하고 싶었다.

하지만 그럴 수 없었다. 도황은 숨을 깊이 삼키고 다시 내쉬어 급한 대로 몸을 다스렸다. 신조를 불렀다.

"신조."

부름에 신조가 돌아섰다. 순간, 다리에 힘이 풀려 비틀거리는 신조를 청조가 끌어안아 지탱했다. 신조는 청조에게 몸을 살짝 기댄 상태로 도황을 마주했다.

도황이 물었다.

"어떻게 된 거냐, 네 몸?"

'재생'이라 해도 좋을 속도로 상처를 회복하는 모습을 분명히 보았다. 도황이 미간을 찌푸렸다.

"그보다 더 위의 단계도 존재하는 거냐?"

"아마도."

"과연, 과연."

도황은 기꺼움을 감추지 않았다. 신조에게, 신조가 익힌 '그 사람의 무공'에 아낌없는 찬사를 보냈다.

신조가 딱딱한 목소리로 말했다.

"애묘나 아랑에게도 덤비겠다고 설치지는 마라."

"걱정 마라. 둘은 너랑 성향이 다르니까."

신조는 싸우는 자였다. 하지만 애묘와 아랑은 아니었다. 둘 모두 무시 못할 고수이긴 했지만 도황 자신과 정면에서 맞설 정도의 무력은 갖추지 못했다. 더욱이 그들이 익힌 '그 사람의 무공'은 신조처럼 전투적인 것도 아닐 터였다.

"아무튼, 약속대로 전폭적으로 협력하도록 하마."

"그래, 어차피 받을 도움, 이런 식이 낫겠지."

애당초 신조를 도와 암영을 공격한 순간, 녹림은 암룡과 광룡의 적이 된 것이나 마찬가지였다. 녹림을 주네 어쩌네 했지만 결국 생색내기에 가까웠다.

'아니지. 고대협, 저놈은 한 입으로 두말할 녀석이 아니니까.'

분명 본래 하려던 것 이상으로 조력을 할 것이 분명했다. 다른 문파라면 이런 식으로 문주 홀로 문파의 운명을 좌지우지할 수 없었지만 강자존의 사파, 도황 한 사람의 위명으로 인해 지금의 성세를 갖추게 된 녹림에서는 가능했다.

도황이 피식 웃으며 턱짓했다.

"홍초, 도와 드려라."

"네네!"

발랄하게 답한 홍조가 쪼르르 달려가 청조의 반대편, 그러니까 신조의 오른쪽 겨드랑이에 쏙 파고들었다. 나란히 신조를 부축하는 꼴이 된 청조에게 눈짓하며 말했다.

"백지장도 맞드는 게 낫잖아요?"

청조는 우느라 엉망이 된 얼굴로 눈만 깜박였다. 하지만 이미 대답이라도 들은 마냥 홍초가 다시 목소리를 높였다.

"가요!"

홍초가 잡아끄니 청조도 따라갈 수밖에 없었고, 그건 두 사람에게 양팔을 맡긴 신조 또한 마찬가지였다.

세 사람이 공동을 나서자 종목이 다시 입을 열었다.

"도대체 무슨 속셈이신지 저는 도무지 모르겠습니다. 진정으로 패하신 것이라는 생각도 들지 않습니다."

종목과 도황의 연은 오래되었다. 고대협이 도황의 칭호를 얻기 전부터 함께했고, 녹림을 일통하는 과정에서도 늘 함께였다. 하지만 아직도 종목은 도황을 완전히 이해할 수 없었다. 종목과 도황 사이에는 넘을 수 없는 벽이 존재했다.

도황은 껄껄껄 소리 내어 웃으며 종목의 어깨를 두드렸다.

"별거 없어. 나 단순한 놈인 거 잘 알지 않냐. 그리고 진 건 진 거다. 구태여 이런저런 말을 붙일 필요 따위 없지."

종목은 미간을 좁혔다. 도황은 결코 단순한 자가 아니었다. 복잡한 사고 과정을 거쳐 일을 단순하게 만드는 사람에 가까웠다. 분명 종목 자신이 모르는 무언가가 있을 터였다.

도황은 모든 것을 드러내지 않았다. 그 때문에 종목이 섭섭해함을 알고 있었지만, 그렇다 해도 감출 것은 감추어야만 했다. 그저 웃는 낯으로 말을 이었다.

"어차피 광룡, 암룡과는 충돌해야 해. 십삼조가 함께한다면 오히려 든든하지."

"무엇 때문입니까?"

어째서 녹림이 황실의 검들과 충돌해야만 하는가.

도황은 즉답하지 않았다. 숨을 고르고 나서도 한참이나 뜸을 들인 후에 말을 맺었다.

"사형과의 오랜 싸움을 마무리 지어야 할 테니까."

☯

"목욕 시중도 도와 드리고 싶지만, 그랬다간 도끼눈에 찍혀 죽을지도 모르니까 저는 이만 사라집니다. 척 봐도 상태 안 좋으니 찌릿찌릿 눈빛 교환하면서 무리하진 마세요. 아직 한낮이라고요."

주절주절 폭포수처럼 말을 쏟아 낸 홍초는 그렇게 제할 말만 다 하고 돌아갔다.

방에 청조와 둘만 남은 신조는 잠시 홍초가 나간 방

문 쪽을 쳐다보다 말했다.

"잔망스러워."

"뭐, 발랄하네요."

어깨를 으쓱인 청조는 다시 신조에게 할 걸음 다가섰
다. 아직 눈시울이 붉긴 했지만 공동에 있을 때보다는
훨씬 안정된 표정이었다.

"그보다 정말 괜찮아요? 피를 이렇게나 많이 쏟았는
데."

중간부터는 부축도 받지 않고 제 발로 걸어온 신조였
다. 여전히 다리가 후들거리고 단전이 비긴 했지만, 그
래도 그럭저럭 운신을 하는 데는 무리가 없었다.

신조는 턱밑에서 전해지는 피비린내에 코끝을 찡그
렸다.

"일단 씻긴 해야겠군. 넌 괜찮고?"

세 종류가 배합되어야 독이 되는 물건이라면, 그 각
각은 기실 독이라 할 수도 없었다. 하지만 걱정되지 않
을 수 없었다.

청조는 어깨를 으쓱였다.

"괜찮겠죠, 뭐. 그보다 물 끓일게요."

청조가 작게 웃으며 발걸음을 떼었다. 그런 청조를

따라 목욕물이 있는 곳으로 간 신조는 눈을 동그랗게
떴다. 뚜껑을 덮어 둔 나무 욕조에 뜨거운 물이 가득했
기 때문이었다.

"미리 끓여 두었나?"

청조에게 묻자 청조는 고개를 가로저었다. 그러더니
이내 눈썹을 살짝 꿈틀거렸다. 홍초가 떠나기 전에 한
말이, 정확히는 '목욕 시중'이란 말이 떠올랐기 때문이
었다.

"미리 손을 써 두었나 보네요, 그 홍초라는 애가."

방을 비운 사이에 사람을 보내 목욕물을 준비하게 한
모양이었다.

대강의 사정을 짐작한 신조가 고개를 내저었다.

"잔망스러워."

"잔망스럽죠."

목욕물은 준비되었지만 목욕에 필요한 도구를 내오
긴 해야 했다. 더욱이 뜨거운 물에 몸을 담기 전에 턱
과 가슴에 묻은 피도 닦아 내야만 했다.

청조가 도구를 꺼내기 위해 이동하자 신조는 슥, 하
고 자신을 내려다보았다. 목욕을 하자면 옷을 벗어야
했는데 청조가 아직 안에 있었다. 아니, 하는 모양새를

보아하니 목욕 시중을 들어 줄 모양이었다.

"흠흠."

저도 모르게 헛기침을 토한 신조는 이내 마음을 정했다. 이제 와 새삼 알몸을 보이는 것이 부끄러울 것도 없지 않은가.

신조는 당당하게 상의를 벗은 뒤 바지까지 벗어 버렸다. 속옷을 벗는 것은 다소 망설여졌지만, 아주 잠깐뿐이었다.

"신조 어르신."

청조가 돌아서며 불렀고, 신조는 반사적으로 국부를 손으로 가렸다. 볼썽사납지는 않았지만 그래도 신체 구조상 몸을 좀 움츠릴 수밖에 없었다. 귓불을 살짝 붉힌 신조가 평정을 가장하며 되물었다.

"왜?"

청조의 얼굴도 붉었다. 하지만 부끄러움과 민망함보다 더 큰 놀라움이 두 눈에 어려 있었다.

청조가 신조에게 다가섰다. 바로 코앞, 그러니까 거의 몸을 밀착시키기 직전에 가서야 멈추었다.

'얘, 얘가 왜 이래?'

신조는 순간 당황했다. 설마하니 자신의 벗은 몸을

보고 달아오르기라도 했단 말인가? 그렇게 음란한 아이 같지는 않았는데.

하지만 엉뚱하기 짝이 없는 망상이었다. 청조는 손을 들어 신조의 가슴을 가리켰다.

"가슴에 상처요."

신조가 반사적으로 고개를 숙여 스스로의 몸을 보았다. 가슴에 난 상처가 흐릿했다. 새하얀 옥에 검은 묵으로 빗금을 그은 것처럼 눈에 확 띄던 흉터가 이제는 실금처럼 변해 있었다.

깜짝 놀란 신조가 저도 모르게 뒷걸음질을 치려다 다리가 풀려 넘어질 뻔하였다. 청조가 얼른 손을 뻗어 그런 신조를 부둥켜안아 넘어지는 것만은 막을 수 있었다.

신조는 낮게 중얼거렸다.

"신생……."

불사신조 이식.

신조는 도황과의 싸움을 돌이켜 보았다.

쓰는 족족 다시 채워졌던 내력. 도황과 싸우면서 자잘하게나마 수많은 상처를 입었음에도 불구하고 깨끗하기 짝이 없는 육신.

신조는 고개를 숙였다. 머리 하나 크기 정도 차이가

날 정도로 큰 신조를 낑낑거리며 안고 있는 청조에게
물었다.

"청조, 칼 있나?"

"자해하시려고요?"

눈치 빠른 청조다 보니 신조가 무슨 소리를 하는지
단박에 이해했다. 신조는 눈을 몇 번 깜박이더니, 이내
고개를 가로저었다. 지금 당장은 불사신조 이식을 펼칠
여력이 없었다.

"아니다. 나중에 실험해 보는 것이 맞…… 왜 그러지?"

청조의 얼굴이 붉었다. 아니, 붉은 수준을 넘어서서
터질 것 같았다. 부끄러움과 민망함으로 가득해서 시선
을 어디다 둬야 할지 몰라 하고 있었다. 몸을 바짝 붙
이고 있으니 알몸이 보이는 것도 아닌데 돌연 왜 이러
는 것일까?

청조는 입술을 몇 번 달싹이더니 눈을 꽉 감으며 말
했다.

"자, 자꾸 찌, 찌르는데요."

신조는 눈을 껌벅였다. 그리고 이해했다. 얼른 자세를
잡은 뒤 청조를 밀어냄과 동시에 자신 역시 한 걸음 뒤
로 물러섰다. 이성과 무관하게 반응한 양물을 한 손으로

슬쩍 가리며 목욕물이 담긴 나무통에 몸을 담갔다.

"씻자. 아니, 씻으마."

침묵은 그 이후로도 한동안 이어졌다.

◐

"했네, 했어. 내가 무리하지 말라고 분명히 그랬던 것 같은데."

홍초가 예리하기 짝이 없는 눈초리를 청조와 신조에게 뿌리며 그리 말했다.

어느새 해질녘, 낮이 끝나고 밤이 시작되려는 시간이었다.

"이번엔 무슨 일이세요?"

청조가 태연하게 물었다. 홍초가 입술을 오므리며 은근한 눈빛이 되었지만, 그래도 동요하지 않는 청조였다.

결국엔 홍초가 먼저 물러섰다. 보기 좋게 어깨를 으쓱였다.

"심부름꾼이니 심부름하러 왔죠."

홍초는 잠자코 앉아 있던 신조에게 시선을 돌렸다.

"십삼조의 다른 두 분께서 내일 오전 중에 당도하실

것 같아요."

신조가 고개를 끄덕였다. 아랑과 애묘와 합류해 다음 일을 논해야만 했다.

"그리고 이건 현재 우리 녹림이 동원할 수 있는 힘의 총량을 기술해 둔 거예요. 내일 아랑이란 분께도 드릴 거지만, 먼저 한 번 읽어 두세요."

홍초가 품에서 다소 얇은 서책을 꺼내 내밀었다. 녹색 비단으로 겉을 덧대 얼핏 보아도 귀해 보이는 물건이었다.

신조는 바로 펴 보지 않고 그저 탁자 위에만 올려 두었다. 신조가 어떻게 하나 가만 지켜보던 홍초는 뒤로 크게 한 걸음 물러서서 허리를 꾸벅 숙였다.

"그럼 저는 이만 물러갑니다, 총총."

경극을 하듯 과장스럽게 예를 표한 홍초가 방을 나섰다. 문이 닫히자마자 청조가 말했다.

"잔망스러워요."

"잔망스럽지."

신조는 눈동자를 굴려 탁자 위에 올려 둔 서책을 보았다. 하지만 이번에도 펼쳐 보지 않았다. 자리에서 일어나며 청조에게 말했다.

"침상 위에 가부좌를 틀고 앉아라. 운기를 봐주도록 하마."

신조가 익힌 내공심법은 어느 정도 경지에 오르기 전까지는 혼자서 단계를 진척시킬 수 없었다. 청조는 월광단을 통해 얻은 내공의 양이 많아 그 진척이 빨랐지만, 아직 혼자서 수련할 단계에는 이르지 못했다.

청조가 약간은 걱정스런 표정을 지었다.

"괜찮으세요?"

운기를 돕기 위해서는 신조의 내력을 청조에게 불어넣어 줄 필요가 있었다. 아직 내력을 다 회복하지 못한 신조가 쉬이 할 만한 일은 아니었다.

하지만 신조는 이번에도 그저 웃어 보였다.

"이 정도는 문제없다."

정말이었다. 괜히 무리를 하는 것이 아니었다. 이렇다 할 운기를 하지 않았음에도 내력의 회복이 평소보다 더 빨랐다.

신조의 얼굴을 잠시 바라보던 청조는 이내 자리에서 일어나 침상으로 향했다.

신조 또한 발걸음을 떼었다.

아직 해가 온전히 뜨지 못한 새벽녘이었다. 하지만 산중의 남녀는 부지런히 걸음을 내딛었다. 앞서거니 뒷서거니 하며 거의 나란히 걷던 남녀 가운데 남자가 돌연 발걸음을 멈추었다. 희미한 미소를 그렸다.

"틀어졌군. 예상대로야."

남자가 갑자기 멈추는 바람에 두어 걸음 앞에 서게 된 여자가 멈춰 섰다. 휙 돌아서서 남자, 아랑에게 물었다.

"뜬금없이 뭐가?"

"천인회와 천검문은 따로 움직일 것 같다."

아랑의 말에 애묘가 눈을 가늘게 떴다. 혀를 살짝 내밀어 입술을 핥았다.

"검신은 권신을 싫어하니까."

천검문의 실질적인 지배자인 검신과 무림맹주 권신 사이의 불화는 널리 알려진 이야기였다. 이야기의 중심이 되는 두 사람이 워낙에 대단한 인물들이다 보니 대놓고 이야기하지 못할 뿐, 강호 초행의 애송이들도 두 사람의 알력에 대해서는 아는 것이 보통이었다.

하지만 그저 검신이 권신을 싫어한다는 이유로 이번 일이 어그러진 것일까?

권신도 이리될 것을 빤히 알면서 검신의 천검문에 천인회 가담을 요청하는 서신을 보냈던 것일까?

아랑은 그에 관해 생각해 둔 것이 있었다. 하지만 굳이 입 밖에는 내지 않았다. 그저 감정만을 피력했다.

"그래, 나도 권신은 싫어."

애묘가 고개를 갸웃 기울였다. 의문을 가장하며 물었다.

"왜? 열혈남아로 유명하잖아."

"그래서 싫어. 대의명분에 목숨 거는 작자라 거래가 잘 통하지도 않아. 아마 우리도 잡아 족치려고 벼르고 있을 거다."

십삼조에 대한 수배령이 내렸다. 황실의 적이 되었으니 저 열혈남아 권신의 응징 대상이 되기에는 이유가 차고 넘쳤다.

애묘는 흥흥거렸다. 어차피 빤한 이야기였다. 아랑의 옆으로 다가가 어깨를 붙이며 물었다.

"그런데 말이야, 예전부터 궁금했는데 대체 어떻게 정보를 모으는 거야? 맹저처럼 무슨 주술이라도 써?"

그렇지 않고서야 뜬금없이 걷던 와중에 저런 이야기

를 늘어놓을 리가 없었다. 아랑은 코웃음을 쳤다.

"비밀이지, 그야. 그럼 넌 어떻게 젊음을 유지하는데?"

"안 되지, 안 돼. 다 늙어서도 경망스럽게 허리 놀리는 양반이 다시 젊어지면 얼마나 난봉꾼이 되겠어."

애묘가 눈웃음을 치며 그리 말했다. 요염하기 짝이 없는 자태인지라 사내라면 누구든 순간 혹할 수밖에 없을 것 같았다. 하지만 아랑은 애묘를 오랫동안 보아 온 이였고, 애묘도 아랑을 진심으로 유혹할 마음은 없었다.

아랑은 다시 자신의 이야기로 돌아왔다.

"내 정보 수집 방법, 말해 줘도 이해 못할 거다."

"내 것도 그래. 익히려면 한세월 걸릴 거고…… 스승님이 괜히 그런 말을 하셨을 것 같지 않아."

"서로의 것을 익히지 마라?"

애묘는 대답 대신 고개를 끄덕였다.

십삼조 각자에게 서로 다른 기예를 전수하시면서 하셨던 말.

서로의 것을 익히지 마라. 그것은 오히려 서로에게 해가 되는 일이다. 둘 이상의 기예를 받아들일 수 없을 것이다.

'하지만 그런 스승님께서는 모든 기예를 한 몸에 갖

추고 계셨지.'

아랑과 애묘는 다시 걸었다. 그리고 둘 모두 같은 방
향을 바라보았다. 애묘가 먼저 말했다.

"다 왔네."

"그런데 왜 그렇게 웃어?"

애묘의 웃음이 미묘했다. 단순히 목적지에 도착해 기
쁘다는 얼굴이 아니었다. 애묘가 다시 혀를 살짝 내밀
어 입술을 핥았다.

"아니, 여자의 감이랄까."

"독사나 요물이 아니라?"

애묘는 아랑의 옆구리를 꼬집거나 화를 내는 대신 오
히려 더욱더 요염하게 웃었다. 홀리지 않기 위해 고개
를 내젓는 아랑의 손을 잡아끌었다.

"가자."

아랑도 발걸음을 내딛었다. 머릿속에 신조와 청조의
모습을 떠올려 보았다.

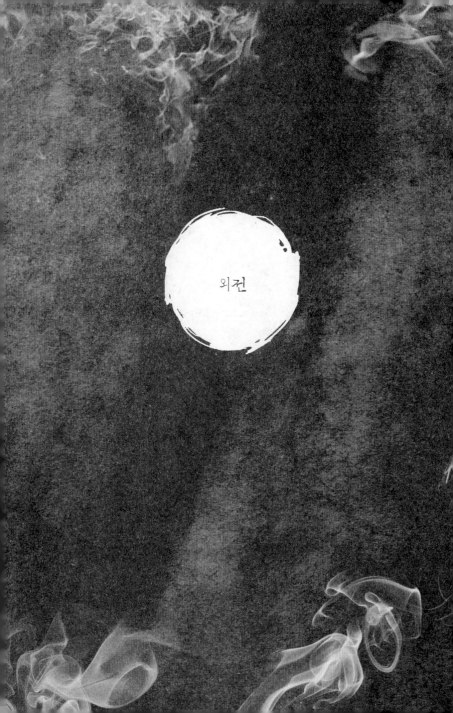

외전

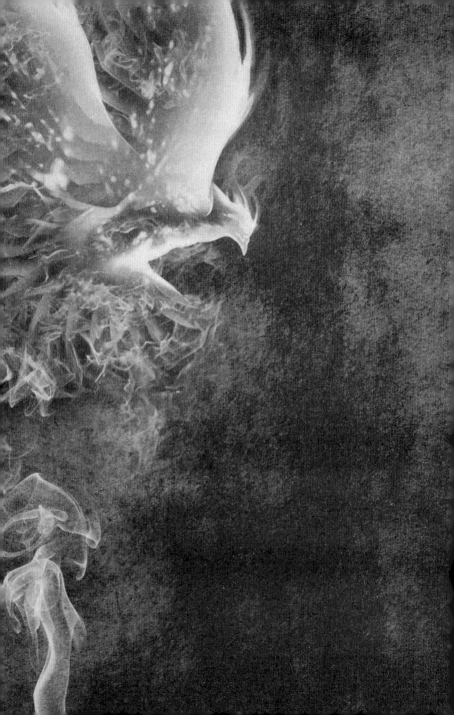

"알고 있었어. 결국엔 이렇게 될 것이란 것을. 너희
는 내 진짜 가족이 될 수 없었으니까."

●

그날 밤은 어두웠다. 달빛도 별빛도 없어 새카맣기만
한 밤이었다.

신조는 초원을 달렸다.

십삼조에 들어온 지도 어언 칠 년. 아직 앳된 티가 묻
어났지만, 청년이라 해도 좋을 나이였다.

어른, 그러니까 남자의 골격을 갖추게 된 신조는 지금 홀몸이 아니었다. 등 뒤에는 가냘픈 체구의 여인이 하나 매달려 있었다.

"괜찮아?"

여인이 등 뒤에서 걱정스럽게 물었다. 따스한 숨결이 갑자기 귀에 닿는 통에 순간 발을 헛딛을 뻔했던 신조가 다소 퉁명스럽게 대꾸했다.

"괜찮아."

여인 하나를 업은 상태로 경공을 펼치고 있음에도 신조의 호흡은 단정했다. 이미 경공 하나만큼은 십삼조 내에서도 최고라 할 수 있을 신조였다.

여인은 신조의 등에 조금 더 몸을 밀착시켰다. 이번에도 걱정이 묻어나는 목소리로 물었다.

"무겁지 않아?"

"무겁긴 해."

신조가 답한 순간 여인의 표정이 변했다. 여인은 사정없이 신조의 머리채를 잡아 뜯었다.

"아, 진짜! 무겁냐며!"

차마 발은 멈추지 못한 신조가 욕지거리를 토하며 씩씩거렸다.

신조의 등에 업힌 여인, 이제는 꽃다운 처녀로 자란 맹저가 볼을 부풀렸다. 다시 신조의 목을 끌어안으며 말했다.

"조금 쉬었다 가. 많이 지쳤잖아."

"안 돼. 합류 지점까지 가기 전까지는 안심할 수 없어."

신조는 단호히 말했다. 바보처럼 다리가 삐는 바람에 제대로 달리지도 못하는 맹저를 데리고 어설프게 쉬엄 쉬엄 기동할 수는 없었다. 추적자가 있든 없든 안전한 장소까지 최대한 빨리 움직여야만 했다.

맹저가 다시 말했다.

"추적자도 없잖아."

"당장은 없지."

맹저는 결국 포기했다. 넓고 든든한 신조의 등에 몸을 좀 더 깊이 묻으며 눈을 감았다. 신조의 체온이 기분 좋았다.

"저놈 얼굴 붉어진 거 보게. 남자는 남자고, 여자는 여자야."

신조가 급히 달려서 지나간 자리. 수풀 속에 숨어 있던 아랑이 몸을 일으켜 세웠다. 어둠 속이었지만 단련

된 안력은 그 어둠 속에서도 신조의 얼굴색을 읽을 수 있었다.

"하기야 다 큰 처녀가 저렇게 찰싹 달라붙어서 몸을 비벼 대는데 얼굴이 안 붉어지면 고자 새끼지. 그렇지 않아?"

"글쎄…… 내 눈에는 잘되어 가는 것 같지 않은데?"

아랑 곁에 나란히 서서 답한 것은 애묘였다. 칠 년이란 세월이 신조와 맹저를 청년과 처녀로 화하게 했듯이, 그녀 또한 세월의 영향을 받았다. 완전히 자란 여인의 몸은 미숙함과 성숙함 사이에서 최고의 아름다움을 뽐냈다.

하지만 아랑은 그런 애묘의 얼굴과 몸매에 신경 쓰기보다는 다른 것에 신경을 썼다.

"그게 뭔 소리야?"

"아니, 맹저가 신조한테 마음 있는 건 표가 딱 나는데 반해…… 신조는 딱히 마음이 없는 것 같은데?"

애묘의 지적에 아랑은 씁쓸한 표정을 지었다. 애묘의 말마따나 맹저는 신조를 남자로 보았지만, 신조는 맹저를 여자로 보지 않았다.

"남매처럼 자랐으니까."

애묘의 첨언이었다. 이미 다 자라 남녀를 서로 분간할 수 있던 십삼조의 다른 조원들과 달리 맹저와 신조는 남녀를 구분하기 뭐한 어린 나이부터 함께한 사이였다. 남녀 사이의 애정이 싹트기에는 남매처럼 자란 시간이 너무 길었다.

"아니, 나는 그보다 다른 쪽이 문제인 것 같지만."

아랑은 낮게 중얼거리며 애묘를 보았고, 애묘는 어깨를 으쓱였다. 검은 암행복에 묻은 나뭇잎을 탁탁 털어내며 말했다.

"아무튼 합류해야지."

"그럴 필요가 뭐 있어? 오붓하게 시간이나 좀 더 보내라고 하지 뭐."

"뭐야, 그렇게 나랑 단둘이 있고 싶은 거야?"

애묘가 까르르 웃었고, 아랑은 똥 씹은 표정을 지었다.

"내가 스승님께 배운 게 뭐냐. 다른 건 몰라도 안목하나만은 내가 십삼조 제일일 거다."

"그래서?"

"아리따운 여인과 독을 품은 독사 정도는 구분할 수있다, 이거지."

애묘는 눈을 가늘게 떴고, 아랑은 휙 돌아섰다.

"어쨌든 따라가자. 너무 늦지 않게 합류하긴 해야 하니까."

"뇌호 오라버니 혼자 집 지키는 게 외로울까 봐?"

"그것도 그렇지만, 다른 쪽도 좀 신경 쓰여서."

아랑과 애묘는 동시에 서쪽을 돌아보았다.

☯

작은 나룻배가 바람을 따라 물살을 갈랐다. 배 위에는 한 쌍의 남녀가 타고 있었다.

삿갓을 눌러쓴 남자는 사공 차림을 하고 있었지만, 누가 봐도 무인임을 한눈에 알 수 있을 정도로 잘 단련된 몸을 갖고 있었다. 자리에 서서 노를 젓는 남자 앞에는 여인 하나가 웅크리고 앉아 있었다. 검고 긴 머리칼 사이에 자리한 아름다운 얼굴은 슬픔에 젖어 있었다.

"그 사람, 어떤 벌을 받게 될까?"

여인, 요호가 낮게 중얼거렸다. 사공 행색을 한 창룡은 애처롭기 짝이 없는 요호의 작은 어깨를 보았다. 그 측은함에 당장에라도 끌어안아 주고 싶었지만, 자신을 억눌렀다. 노를 저으며 평정을 가장했다.

"이런 쪽으로는 잔혹하기 짝이 없는 사파니까. 아마 거열형이 아닐까?"

요호가 고개를 푹 숙였다. 그녀는 울고 있었다. 소리 내어 울지도 못하고, 가슴에 차오른 슬픔을 억지로 삼키고 있었다.

요호의 이번 임무는 패도맹에 속한 핵심 고수를 유혹해 기밀 정보를 빼내는 것이었다. 요호에게는 어렵지 않은 일이었다. 요호의 유혹을 뿌리칠 수 있는 사내란 이 세상에 존재하지 않았다. 타고난 미색에 더해진 칠 년간의 수련이 그녀를 그렇게 만들었다.

요호는 임무대로 기밀 정보를 얻어 냈다. 그리고 임무가 끝났기에 창룡의 도움을 받아 패도맹을 빠져나왔다.

요호에게 자신이 알고 있는 것을 모두 토해 내다 못해 맹주의 서고에까지 침투해 중요 기밀을 담은 서책을 빼돌린 고수는 패도맹에 남았다. 아니, 남겨졌다.

그는 지금 무얼 하고 있을까? 지독한 고문을 당하며 요호를 저주하고 있을까, 아니면 그 와중에도 요호를 애타게 찾고 있을까?

요호는 전자이길 바랐지만 그건 그저 바람일 뿐이었

다. 요호도, 창룡도 후자의 상황이 벌어질 것을 잘 알고 있었다. 끔찍한 고통 속에 최후를 맞이하는 그 순간까지도 그 남자는 요호를 잊지 못하리라.

"너무 마음 쓰지 마. 너만 괴로워질 뿐이야."

요호에게 이 일은 맞지 않았다. 그녀는 재능을 타고 났지만 성정까지 타고나지는 못했다.

임무가 끝나면 요호는 늘 울었다. 스스로를 상처 입혔다.

스승님은 요호의 성정을 모르셨던 것일까, 아니면 알면서도 재능을 살리는 쪽을 택하셨던 것일까?

세상의 그 어떤 여인보다 순수하고 맑은 요호는 수많은 남자들과 잠자리를 해야만 했다. 그녀가 갈고닦은 방중술은 남녀 간의 교합에서 힘을 발하는 기예였다.

그녀는 늘 자신을 맹목적으로 믿고 사랑하는 이들을 배신해야 했다. 그것을 유도해야 했다. 그들이 멸망을 향해 걸어가도록 부채질 해야만 했다.

천하의 악녀였다. 지독하기 짝이 없는 요물이었다.

요호는 울었다. 결국엔 어린아이처럼 엉엉 울음을 터트리고 말았다.

"은퇴하면…… 은퇴하면 이런 일 그만해도 되겠지?"

"아마도."

창룡은 먼 곳을 보았다. 지금 요호를 보면 돌이킬 수 없는 일을 저지를 것만 같았다.

요호는 눈물로 엉망이 된 얼굴을 닦아 낼 생각조차 하지 않았다. 처연한 목소리로 중얼거렸다.

"나도 맹저처럼 주술을 배웠다면 좋았을 텐데. 아니면 애묘처럼 의술이라든가……."

때로는 스승님이 원망스러웠다. 십삼조의 모두와 만날 수 있게 해 준 고마운 분이었지만, 미워해서는 안 될 사람이었지만, 그래도 매번 일을 끝마칠 때마다 서러운 마음이 드는 것만은 어쩔 수 없었다.

창룡은 스스로를 억눌렀다. 요호를 끌어안지 않기 위해 노력했다. 끌어안는 순간 선을 넘고 말리라.

나룻배가 물살을 갈랐다. 요호의 소리 죽인 울음소리가 조금씩 잦아들었다.

◐

"맹저, 이번엔 또 어쩌다가 이리된 거냐?"

신조 일행이 집에 돌아오자마자 마주한 것은 뇌호의

엄격한 얼굴이었다.

　'이름은 진짜 잘 지었어.'

　뇌호의 얼굴은 호랑이상, 그 자체였다. 그리고 다행히도 오늘 뇌호의 노여움은 오직 한 명에게만 쏠려 있었다.

　"그게……."

　맹저가 우물쭈물 거리며 쉽사리 입을 열지 못했다. 그녀의 오른발에는 애묘가 솜씨 좋게 매듭지어 놓은 붕대가 감겨 있었다.

　뇌호는 눈을 꾹 감았다.

　후방 지원인 맹저가 왜 또 다리를 다친 것일까?

　사실 이유는 대강 짐작할 수 있었다. 그래서 한숨을 토했다. 노호성을 토하는 대신 손을 뻗어 맹저의 머리를 쓰다듬었다. 울음을 터트리기 직전인 맹저에게 걱정스레 물었다.

　"크게 다친 건 아니지?"

　맹저가 얼른 고개를 끄덕였다. 뇌호가 하는 모양새를 보며 히죽이던 애묘가 말을 보탰다.

　"그냥 근육이 좀 놀란 거야. 내일이면 잘 걸을 거고, 모레면 뛸 거야."

뇌호는 고개를 끄덕였다. 맹저에게서 두어 걸음 떨어진 곳에 서 있는 신조를 돌아보았다.

"신조, 고생했다."

"고생은 뭘."

신조도 어설프게 웃었다. 불호령이 떨어질 줄 알았는데, 그래서 맹저가 또 밤새 훌쩍일 줄 알았는데 다행히 잘 마무리된 모양이었다.

신조가 뇌호에게 물었다.

"창룡 형이랑 요호 누나는 아직이야?"

"이곳에서 먼 곳으로 임무를 떠났으니까. 임무를 완수해도 돌아오는 데는 며칠 시간이 걸릴 거다."

신조는 고개를 끄덕였다. 사실 답을 알면서 물은 것이나 다름없었다.

맹저가 어느 정도 안정을 되찾자 뇌호가 애묘를 돌아보았다.

"목욕물 준비해 뒀다. 씻고 자라."

"오, 뇌호 오라버니가 어쩐 일이래?"

애묘의 눈이 가늘어졌다. 뇌호는 그런 애묘의 시선을 피하듯 고개를 살짝 돌리며 답했다.

"심심파적으로 했다."

"뇌호 오라버니, 지금 부끄러워하는 거 맞지?"

뇌호는 이번엔 대꾸조차 하지 않았다. 휙 돌아서더니 성큼성큼 걸어 집 안으로 들어가 버렸다.

애묘는 까르르 웃었고, 맹저도 배시시 웃었다.

아랑이 애묘의 팔뚝을 건드렸다.

"맹저 데리고 먼저 씻어."

"응응, 당연히 그래야지. 사내놈들이 씻은 물에서 꽃다운 처녀들이 씻을 순 없으니까."

애묘는 맹저를 등 뒤에서 끌어안았다. 신조에게 야릇한 목소리로 말했다.

"신조, 훔쳐보면 안 된다?"

"훠이, 훠이."

신조는 손을 휙휙 내저었지만, 얼굴이 새빨갛게 달아올라 있었다. 그리고 왜인지 맹저의 얼굴 또한 붉어졌다.

애묘가 맹저를 끌고 목욕탕 대용으로 쓰고 있는 창고로 향했다.

신조는 아랑과 함께 마루에 앉았다.

"어둡네."

"어둡지."

달도 별도 없었다. 참방참방 들리는 물소리와 애묘와 맹저의 목소리가 귓가를 어지럽혔다.

신조는 괜스레 볼을 긁적이며 말했다.

"스승님은 언제 돌아오시려나?"

"바람처럼 나타났다 바람처럼 사라지시는 게 스승님 아니시냐. 조만간 홀연히 나타나시겠지."

스승님이 자리를 비우신 지 벌써 두 달이 넘게 지났다. 근래 들어 자리를 비우실 때가 잦아졌고, 그 기간도 점점 더 길어져만 갔다.

"그리고…… 언젠가는 아예 떠나시겠지?"

신조가 아랑을 돌아보았다. 아랑은 신조를 마주 보는 대신 마루에 드러누워 버렸다.

"모르지, 그야."

신조 또한 마루에 드러누웠다.

스승님.

십삼조에게는 아버지와도 같은 사람.

하지만 거리감을 완전히 지을 수 없었다. 스승님과 십삼조 사이에는 넘을 수 없는 벽 같은 것이 존재했다.

그리고 그 벽은, 사람과 사람 사이의 벽이 아니었다.

'스승님은 우릴 싫어하시는 게 아냐. 오히려 많이 좋

아하실걸.'

애묘가 했던 말이었다. 어느 날인가 술에 잔뜩 취해 신조에게 술주정을 늘어놓던 날 했던 이야기였다.

"이런 생각을 한 적이 있어."

애묘의 얼굴엔 언제나와 같은 요염한 미소가 그려져 있었다. 술 때문에 발갛게 달아오른 볼이 그녀의 미색을 더욱 달고 위험하게 만들었다. 하지만 애묘의 눈은 공허했다. 깊은 허무와 일종의 절망 같은 것이 어려 있었다.

"우리가 소를 한 마리 키웠다고 치자."

애묘는 신조의 어깨에 머리를 기댔다. 긴장해서 뻣뻣하게 굳은 신조는 손을 어디다 둬야 할 지 몰랐다. 하지만 당황은 길게 이어지지 않았다. 신조가 능숙하게 대처했기 때문이 아니었다. 애묘의 목소리와, 그 이야기가 신조에게 다른 감정을 이끌었기 때문이었다.

"새끼 때부터 정성들여 키웠어. 그럼 그 소는 우리 가족일까? 너와 나 사이의 관계처럼… 진짜 가족이 될 수 있을까?"

애묘가 무엇을 이야기하는지 명확했다. 무엇을 소에 빗댄 것인지도 알 수 있었다.

"무슨…… 말을 하는 거야?"

신조는 애써 태연하게 되물었다. 하지만 어색함을 감추지 못했다. 불안함이 섞인 목소리는 사정없이 떨려 그 속내를 드러냈다.

애묘는 신조를 올려다보았다.

그녀 혼자만의 생각이 아니었다. 신조를 비롯한 십삼조 모두가 어렴풋이 느끼고 생각해온 사실이었다.

"그런 게 아닐까 싶더라고."

하지만 모두들 그 사실을 인정하기 싫어했다. 애써 무시하거나 그러지 않을 거라 자위했다.

애묘도 그랬다. 그리고 그녀야말로 십삼조에서 스승님의 진짜 속내에 가장 근접한 인물이었다.

"우릴 보는 스승님의 눈."

그 눈. 그 공허한 눈.

신조가 눈을 깜박였다. 애묘의 달뜬 얼굴 대신 밤하늘이 보였다.

신조는 그 날 결국 애묘의 이야기에 이렇다 할 대답을 하지 못했다. 애묘도 그 날 이후에는 더 이상 그 얘기를 하지 않았다.

스승님.

언젠가는 떠나실 것이 분명한 스승님.

신조는 눈을 꽉 감아 버렸다.

●

임무가 없을 때면 십삼조는 각자의 무공을 가다듬었
다. 십삼조는 각자의 무공을 잘 몰랐다. 그저 대강의
윤곽, 두드러진 특징만을 알 뿐이었다.

신조와 아랑은 방바닥에 알몸으로 누워 있었다. 방
안에는 수십 가지 약초를 배합해 만든 탕액에서 나온
연기가 가득했다.

아랑은 반쯤은 해탈한 표정으로 눈을 감고 있었고,
신조는 금방이라도 터질 홍시처럼 새빨개진 얼굴로 어
쩔 줄을 몰라 했다.

애묘 때문이었다.

"내가 만든 독에 우리 가족들이 다친다는 게 말이나
돼? 그것만은 내가 막아 낼 거야."

애묘는 발가벗은 신조와 아랑의 몸에 침을 하나하나
꽂아 넣었다. 스승님과 그녀가 함께 만든 도구를 통해

신조와 아랑의 몸속에 약물을 주입했다.

전신이 얼얼했다. 그 미묘한 감각 외에는 사지를 통해 느껴지는 것이 아무것도 없어 마치 남의 팔다리를 달고 있는 기분이었다.

"참아. 인내는 쓰고 열매는 달 거니까."

엄한 얼굴로 낮게 말한 애묘는 방 가운데 친 휘장 너머로 넘어갔다. 신조와 아랑과 마찬가지로 실오라기 하나 걸치지 않은 맹저의 몸에도 침을 꽂아 넣었다.

맹저의 얼굴 또한 붉었다. 휘장 너머에 신조와 아랑이 알몸으로 누워 있다고 생각하니 너무 부끄러워 울고 싶을 지경이었다.

하지만 애묘는 그 무엇도 허락하지 않았다. 맹저의 몸에 다시 침 하나를 꽂아 넣었다.

"내 무기는 독공이고, 내 독이 통하지 않는 상대에게 나는 무방비해. 우리 중에 하나가 마음만 먹으면 날 죽이는 건 일도 아니겠지."

신조는 휘장 쪽으로 눈동자를 굴렸다.

아랑은 짧게나마 한숨을 토했다.

애묘는 지금 십삼조에게 특별한 시술을 행하고 있었다. 애묘가 가지고 있는 독들에 대한 면역력을 강화시

키는 시술이었다. 의술을 넘어 주술에 가까운 이 시술
은 창시자인 스승님을 제한다면 천하에 오직 애묘만이
할 수 있는 것이었다.

맹저가 애묘를 올려다보았다. 왜 그렇게 무섭고 끔찍
한 소리를 하냐고 타박하는 것 같았다.

애묘는 희미하게 웃었다.

"상관없어. 우리 중에 누군가의 손에 죽는다면 난 원
망하지 않을 거야."

애당초 그런 일 자체가 발생하진 않겠지만.

애묘는 까르르 웃었다. 어찌나 감동했는지 금방이라
도 울음을 터트릴 것 같은 맹저의 뺨을 장난스럽게 꾹
꾹 눌렀다. 휘장 너머를 향해 유쾌하게 외쳤다.

"그렇다고 선녀 같은 내 마음씨에 반하진 말고!"

시술은 그 후로 두 시진 동안 계속되었고, 해마다 한
번씩 반복되었다. 그리고 그때마다 가장 하기 싫다며
난동을 부린 것은 아랑도, 신조도 아닌 뇌호였다.

☯

십삼조의 모두가 함께한 지 구 년이 되었다.

십삼조는 수많은 임무에 투입되었고, 그 모든 임무를 성공적으로 끝마쳤다. 각자의 분야에서 두각을 나타냈다.

십삼조는 언제나 함께였다. 구 년 동안 머문 집도 그대로였다.

그리고 십삼조의 임무들 또한 언제나처럼 연이어졌다.

"저기 말이야."

번화한 도시에 자리한 높고 큰 건물의 지붕 위였다. 암행복을 입고 인기척을 지웠기에 멀리서 보면 분간은커녕 사람이 있다는 것도 모를 것이 분명했다. 둘이었고, 입을 연 것은 그중 하나였다.

"창룡 형이랑 요호 누나 어떻게 생각해?"

신조였다.

우물쭈물 꺼낸 말에 지붕 위에 드러누워 있던 다른 한 사람, 아랑이 눈동자만 굴려 신조를 보았다.

"뭐가?"

"아니, 둘이…… 음, 있잖아, 그거."

"그거 뭐?"

아랑이 천연덕스럽게 되물었고, 신조는 인상을 구겼다. 아랑이 알아들었음이 분명하다 확신하고 다시 말을 이었다.

"아무튼 그럴 순 없을까?"

아랑이 결국 피식 웃었다. 누운 자리에서 상체만 일으킨 뒤 엉덩이를 움직여 신조 곁으로 다가갔다. 어깨동무하며 낮게 물었다.

"창룡 형이랑 요호 누나가 잘되고, 너랑 애묘가 잘되고?"

신조의 얼굴이 붉어졌다. 창룡과 요호가 아닌, 자신과 애묘의 이야기 때문이었다.

신조는 애묘를 좋아했다. 그리고 언제나 함께하는 십삼조였기에 모두 그 사실을 모를 수가 없었다.

아랑은 고개를 내저었다.

"아서라."

신조와 애묘는 무리였다. 이루어질 수 없었다.

신조는 아랑의 짧은 말을 다르게 해석했다. 아예 자신과 애묘는 떼어놓고 창룡과 요호에 집중했다.

"스승님이 처음에 그러셨잖아. 우리끼리 짝을 이뤄도 좋을 것 같다고."

"그걸 또 용케 기억하고 있다? 너 그때 주먹만 한 꼬맹이였잖아."

"암룡 암부 훈련을 받고 있던 꼬맹이였지."

따박따박 받아쳐 준 신조는 연이어 말했다.

"아무튼 창룡 형이랑 요호 누나 잘 어울리잖아. 둘 다 이젠 나이도 제법 있고."

창룡과 요호 모두 이제 이십 대 중반이었다. 무림의 남녀가 짝을 이루기에는 이른 나이도, 늦은 나이도 아니었다.

하지만 아랑은 이번에도 고개를 가로저었다.

"무리야."

"왜? 둘 다 서로 마음도 있는 것 같던데."

신조도 눈이라는 것이 있었다. 창룡과 요호가 서로를 바라보는 시선에 각별한 무언가가 담겨 있다는 것쯤은 알 수 있었다. 물론 그 사실은 아랑도 알았다. 그리고 아랑은 신조가 모르는 것들도 더 많이 알았다.

"아무튼 무리라고. 길게 말하면 복잡하니까 일단은 이렇게만 알아 둬. 나중에 더 설명하든가 할 테니."

신조가 입술을 삐쭉였다. 아랑은 늘 이런 식이었다. 결과만 알려주고 과정은 쏙 빼놓기 일쑤였다.

아랑이 신조에게 좀 더 얼굴을 가까이했다.

"그보다 넌 맹저는 어떻게 생각하냐?"

"맹저가 여기서 갑자기 왜 나와?"

"모르냐?"

아랑이 신조를 똑바로 쳐다보았다.

신조는 미간을 찌푸렸고, 입술을 비틀었다. 한참이나 말을 고른 끝에 겨우 목소리를 내었다.

"여자로 안 보여."

맹저가 신조 자신을 좋아한다는 사실은 알고 있었다. 직접적인 고백을 받은 것은 아니었지만, 도저히 눈치채지 못할 수가 없었다. 그리고 일단 자각하고 나니 그간 왜 저렇게 골치만 썩이나 했던 맹저의 행동들이 하나하나 이해가 되었다.

하지만 그것뿐이었다.

신조는 맹저를 여자로 느낄 수 없었다. 분명 맹저를 좋아했지만, 정말 소중하게 생각했지만, 가족으로서였다. 가슴이 두근거리지 않았다. 한 사람의 여자로 느껴지지 않았다.

아랑은 눈을 감았다. 맹저에게는 그야말로 최악의 전개였다.

"그래, 그러면 뭐 어쩔 수 없지."

사실 예상한 대답이었다. 더욱이 신조는 지금 애묘에게 푹 빠져 있는 상태였으니 말이다.

신조는 다급히 입을 열었다.

"맹저는 예뻐. 충분히, 굉장히 예뻐. 몸매도 좋고 성격도 착하고. 아무튼 정말 나 따위한테는 과분한 멋진 여자야."

아랑은 속으로 한숨을 내쉬었다. 아마 지금 신조가 하는 말은 거짓이 아닐 터였다. 요호나 애묘가 비정상적으로 예뻐서 그렇지, 맹저도 충분히 미인 축에 드는 아이였다.

"맞아, 예쁘지. 네가 무슨 말 하는지도 알아. 그러니 그만해라."

신조가 고개를 푹 숙였다.

아랑은 잠시 갈등했다. 지금이야 잠시 대기하고 있었지만, 엄연히 임무 수행 중이었다. 이대로 인생 상담을 계속해도 되는 것일까?

'에라이.'

내친걸음이었다. 아랑이 물었다.

"너, 맹저한테는 말했냐?"

날카로운 말이었다. 신조는 가슴에 비수가 꽂힌 사람처럼 움찔하더니 다시 입술을 달싹거렸다. 겨우겨우 말을 꺼냈다.

"못하겠어."

"왜?"

"울까 봐."

신조의 얼굴이 어두워졌다.

아랑이 한숨을 토했다.

"우는 게 문제냐?"

아랑이 보기에 맹저가 신조를 좋아한 기간은 최소한 오 년이 넘었다. 그 기간이 길어지면 길어질수록 맹저 안의 상처만 키우는 꼴이었다.

신조도 은연중에 그 사실을 느끼고 있었는지 입술을 깨물었다. 아랑은 뭐가 되었든 이야기를 좀 더 하려 했다. 둘이서 해결 봐야 할 일에 괜히 쌍지팡이 짚고 나서는 것일지도 모르겠지만, 남도 아닌 가족이지 않은가.

하지만 현실이 그것을 허락하지 않았다. 아랑과 신조는 동시에 고개를 들었다. 맹저의 주술이 신호를 보냈고, 어두운 밤하늘 아래 지붕 위를 가르는 신영이 보였다.

신조가 나서야 할 차례였다.

"가 봐, 일이다. 실수하지 말고."

신조는 고개만 한 번 끄덕인 뒤 지붕을 박찼다. 소리 없는 추적을 개시했다.

지붕에는 이제 아랑만이 남았다. 혼자 남은 그는 신조

의 뒷모습을 바라보는 대신 다시 지붕 위에 드러누웠다.

"암룡의 전설 십삼조…… 퍽이나."

꼬맹이 때가 생각도 없고 좋았다. 머리가 다들 커지다 보니 서로를 남녀로 인식할 수밖에 없었고, 인간사에 가장 복잡하기 짝이 없는 문제라 할 수 있을 남녀상열지사가 튀어나오고 말았다.

'우린 암부야.'

암룡의 암부.

지금이야 스승님의 그늘이 드리워져 있지만, 그 그늘이 치워지면 어떻게 될까?

암룡 암부는 결혼도 할 수 없었고, 아이도 낳을 수 없었다. 아랑 자신처럼 기녀를 사고 하룻밤 쾌락을 불사르는 거야 문제없었지만 창룡이나 신조나 그럴 위인들이 못 되었다. 요호와 맹저는 또 어떠한가. 세상 천지에 좋아할 사람이 없어 그 괴팍하기 짝이 없는 스승님을 사모하는 애묘는 또 어찌한단 말인가.

'그래도……'

오랫동안 함께하고 싶었다. 처음 만난 이후 지금까지 쭉 그러했던 것처럼 함께 있고 싶었다.

'언제까지 가능할까.'

언제까지.

이렇게 모두가 함께하는 시간이 얼마나 더 이어질 수 있을까?

아랑은 생각을 잇는 대신 몸을 일으켜 세웠다. 임무를 수행하기 위해 움직였다.

〈『불사신조』 제4권에서 계속〉